俳句・その地平

その地平の夕映は美しい

大牧　広
Omaki Hiroshi

文學の森

俳句・その地平　――その地平の夕映は美しい＊目次

装丁　巖谷純介

俳句・その地平

――その地平の夕映は美しい

第一回　3・11の俳句から

平成二十三年三月十一日十四時四十六分、東日本にマグニチュード9という大地震が発生した。世界最大級のレベルであった。

午後三時近くの時間帯は、一日の三分の二ほどが経って、外で働いている人には、今日は定時に終わるか残業となるのか、できたら定時で終わりたい、などと考えていたし、主婦達は、きりつめた家計の中で、いかに見栄えのよい夕食にするか、そうしたことに思いをめぐらしはじめていた時刻であった。

そんな時間帯の中で、立ってはいられないほどの揺れが襲ったのである。

その後のことは、あらゆる機関や場を通じて毎日報道されて、日本人や世界の人々の心を震えさせ続けている。

俳人・俳壇としてこの大惨禍にもっとも早く反応したのは「俳句界」を刊行している「文學の森」であったと記憶している。端的に言って、いちはやく、この大震災にかかわっての俳句作品の提出依頼を受けたのが、「文學の森」からであったからである。

大震災にかかわる作品三句を七十名の人が発表した。平成二十三年五月号であった。

緊急特集「３・11大震災を詠む」を主題として、「俳句は、この未曾有の惨事をどう表現したか」という副題があり、被災地岩手県在住の俳人白濱一羊氏が被災者支援活動の際、撮影した避難所の写真を背景にした見開きの頁から作品が展開されていた。

それでも微笑む被災の人たちに飛雪　金子兜太
流すべき雛を津波に攫はれし　森田　峠
東北へこれも堪へよといふ余寒　白濱一羊
羽根たたみ合掌の蝶大震災　花谷和子
祈るほか無きか被災地春雪降る　鍵和田秞子
大津波引けば惨憺雪の果　加古宗也
責めず怒らず修羅の東北辛夷の芽　前田　弘
運命を哭かぬ民族雪の果　姜　琪東

特集された作品の一部である。

どの俳句も惨事の本質を衝いていて襟を正す思いがする。わけても兜太句の体温がつたわるような思いやりの気持、一羊句の東北人ならではの受身的な表白、震災月の底冷えの日々が改めてよみがえる。琪東句の「哭かぬ民族」にこめられた万斛の思い。ひたすら粛然とする俳句であった。

これらの俳句に通い合うのは「いのち」である。「いのち」、たったひとつのいのちへの讃歌が「人たちに飛雪」(兜太句)、「これも堪へよといふ余寒」(一羊句)、「哭かぬ民族」(琪東句)にこめられていた。

それも単なる讃歌ではない。災害によって打ちひしがれた身心から立ち上がっての、いのちへの讃歌であった。

さて、中年、高年、老年と人生のゴールのテープが見えてくるような一種の終末観、それを振り払うようにして、逆に、その終末観を意志に替えて俳句の場につどう、それが、これから紡いでゆく文章の目的である。

その上で、この俳句、

終戦

てんと蟲一兵われの死なざりし　　安住　敦

昭和二十年八月十五日、敗戦日以降の俳句として、戦後俳句の代表句として、必ず挙げられる一句である。

俳人以外としては、全く無名の一兵士、よくぞ戦死もせずに復員することができた、その万斛の思いが、しっかりと十七文字に行きわたっている。行きわたっていると同時に、死なないでよかった、そんな一小市民としてのささやかなつぶやきもつたわる。保身のつぶやき、むしろそれが、いじらしくもあり本当の心の在りどころを示している。

中高年、老年の俳句は、こうした真実の胸中の吐露をこめたい。もう何も飾らなくてもよいし構える必要もない。自然体がいちばんいい。自然体での作句は高齢者にとって体の賦活をなだらかにして呼吸や血圧も安定させる。

くり返すが、平成二十三年三月十一日に我々は千年に一度という大災害に襲われた。この災害で多くの高齢者が命を落とした。やりきれないのは、ここに居れば安心ということで避難した高齢者の人達が全員津波に呑まれてしまった、という事実である。

おそらく車椅子に身を固くして高齢の避難者は刻の過ぎるのを待っていたにちがいない。けれども真黒い津波は有無を言わさず車椅子ごと暗黒の水中へと攫っていったのである。

その時の場面を思う時、映画『シンドラーのリスト』の一場面と重なる。

大戦中のナチスが、ユダヤ人のアパートに侵入して、車椅子の上で怯えていた老人を車椅子ごとアパートの窓から地上へ叩き落した、その衝撃的なシーンと重なるのである。つまり津波もナチスも同じ非情、その思いは頭から離れない。

すこし緊張を呼び起こすことを書いて、高齢者の血管が収縮したかもしれない。これは決して筆者の本意とするところではない。

さて、この俳句はどうだろうか。

藁砧儲けの齢を見せにけり　秋元不死男

「儲けの齢」、なるほど中高年の一側面を端的に言い表わしている。さんざん世の表裏を見せつけられてきた高齢者には、このフレーズはみごとに合っている。

この俳句と、

運命を哭かぬ民族雪の果　姜　琪東

とは心の逞しさという点で通底し合うものがある。勿論どんなむごい仕打ちに遭っても涙を見せない東北人の気質を詠んだ琪東句は正攻法で説得力を持つが、中高老年の一筋縄ではない逞しさでは通い合うものがある。

とは言うものの中高老年に待つものは「夕映」である。その夕映が、いかに美しいか。

八十路過ぎ露の齢ぞありのまま　能村登四郎

まさに自然体の吐露。もう急ぐことのない齢、葉の上をころがってゆく露のように自然の生きざま、すこし目を上げた時、美しい朝日に露がきらめいていた。

『芒種』（ふらんす堂）所収、能村登四郎八十八歳の作である。

第二回　意志と俳句

小松左京氏が逝去された。昭和六年生まれ、八十歳であった。

生前に時折テレビなどで見る氏は、精悍と言ってよいほどに元気な人、と見ていたから氏の訃報は意外だった。しかもテレビで見た氏の晩年の風貌は、ちがう人のように生気を失っていたからそのことにもこだわっていた。

その気持も日数が経つにつれて変わっていったのである。たしかに、氏が『日本沈没』を発表した時のエネルギッシュな風貌は失せて、むしろ憔悴に近い「枯れ」の風貌となっていた。そしてその風貌こそが、本当に人間らしい本来の顔にもどっていた、と、今は考えられるのである。

つまり、人が何かと誰かと闘って自分の保全を守ろうとする時は、大いに食べて大いに働く闘争型の顔になっている。肉食の顔になっている、と言ってもよい。その時の風貌はたのもしくは見えるが美しくはない。

やはり人の一生は天候で言えば、どぎつい日盛りよりも落日どきの、あの灼けるような西空。高齢者にとっては元気が出るかもしれない。あとは水を打ったような夜のしずけさが思われるからである。

小松左京の晩年の風貌は、それゆえに深くて勁い意志を見せていたといえる。高齢者が持つ深くて勁い意志の俳句を思う時、金子兜太と後藤比奈夫の作品が、すっと浮かぶ。

岩 頭 に 朝 日 顔 出 す 戦 さ あ る な　　金子兜太

一読して、それこそ金子兜太の、あの野趣とやさしさに満ちた風貌を思うことができる。何よりも共感できるのは、下五の「戦さあるな」である。

かつて昭和三十年代に社会性俳句が台頭した時に、この「戦さあるな」の措辞が多用されたことを思い出す。一種観念的な思いをにじませながら無垢と言ってもよい願望、表白が共感を誘う措辞を九十二歳の金子兜太が使う。そこに年齢に捉われない氏のおおらかさと統一性を見る。

洗 ひ た る 根 こ そ よ か り き 松 飾　　後藤比奈夫

新年の飾りものである松もそれなりに世俗の塵もついていよう。それを見たくないから根がこすれるまで洗われた松飾の松を飾る。

しっかりと洗われた松はわが家の邪気を払うべく飾られて、今作者の前に在る。「根こそよかりき」に、ふっきれたような今の人生、この句から哲学者のような眼差しさえ感じられるのである。

この二句から考えてみると、風貌を感じさせない俳句は、大味な料理に似ている。大味とは人生を感じさせない、加齢のよろしさを感じさせない、それに帰着するようだ。

「加齢のよろしさ」などと書いても所詮画一的ではないのか、という気持も湧く。いろいろな場で「高齢化社会」という言葉を聞く。政治家・ジャーナリスト・文化人達がその言葉を口にする時、高齢者の筆者の心は複雑になるのだ。

どう複雑になるか。

それは、高齢者特有の気持かもしれないが、あなた達、いつまで生きているつもりですか、そんな気持が若いお偉いさんから聞こえてくる気がするのである。あなた達がいつまでも生きておられるから、医療や介護などに余計な予算が必要となるのです。そうも言われている気がする。

これこそ老人特有の僻み根性であることは書いている筆者にはわかる。けれども、この僻み根性を「詩的」に表わすと、「心の傷」と言えると思う。

「心に傷のない人は俳句を詠むな」などと妙に教条的な言葉が頭の隅にある。それは何の心配もなく清く正しい人の俳句はおもしろくない、と同義になるがあえて否定はしない。事実がある程度それを証明しているからである。

それはそれとして、高齢者俳人は、その意味で利点を持っていると考えたい。七十年八十年九十年と生きて、その人生は無風である訳がない。病気・経済・住居・嫁姑問題のどれかひとつ取っても充分に「心の傷」は得ることができるのだ。

したがって、高齢者は、ほぼ詩人になる資格を持っている。この権利を存分に行使したいと考える。


死ぬまでに死んでならぬぞ肝膾　　八田木枯

八田木枯は大正十四年生まれ、八十六歳。玄人好みの俳人で、いわば、俳句で煮染めたような年季の入った人からは勁い支持を集めている。

昔からのおもしろいセールス用語で、「これさえ食べていれば死ぬまで生きられる」、という言葉がある。

八田木枯のこの俳句は、それを思わせるほどにおもしろさに満ちている。こうした末枯れた俳句には、したり顔をした評言は要らないと考える。この俳句からうかがえるのは、したたかに、きめこまかく日を送っている高齢者俳人の姿である。

蜥蜴にも詫びよ学者も政治家も　　木枯

言うまでもなく東日本大震災の福島第一原発の惨禍を述べた俳句である。
この俳句は、この惨禍に対しても大上段から詠んでいない。それどころか蜥蜴という小動物に視線を当てている。この着眼点は、もちろん木枯俳句の基点ともなっているが、やはり加齢が、その傾向を濃くしていると考えられる。つまり年齢を積んでいる人は、生きとし生けるものに限りない愛情の思いをそそぐのである。齢を積んだ人のみが得ることができる、しずかで重い功労の果実と言えるだろうか。

俳句を口にしていると、自然と見る景色が鮮やかに感じられる、生き生きとしてくる。そういう風に感じるとね、俳句は癒し、感動、生きがいを与えてくれるし、不安を解決してもくれる。体を整えるのに効果があるんだなって、思えた。今になってそれを強く感じるね。まだまだ始まったばかりだけど、これからだなって思っている。俳句療法も、僕の俳句も。

これは「俳句界」平成二十二年九月号で聖路加国際病院理事長・日野原重明氏の「俳句は生きる力」というテーマでのインタビュー記事の一部分の引用である。
日野原重明氏は現在九十九歳、まぶしい位の齢を積んでいる。ちなみに氏は、九十八歳より俳句をはじめたそうで、金子兜太氏に教えを受けたこともあると聞く。

偲ぶ会チェロの響きにあじさい震う
いぶすきの夜景の沈む朝の霧

の二句が「俳句界」に載せられて兜太氏からは「説明的だ」と言われたそうである。それを言う兜太氏も、にこやかにうなずく日野原重明氏も黄金期の高齢者である。

第三回　青とうがらしとうがらし

村上春樹、という作家の作品を私は読んでいない。

読んでいない理由の大半は、到底自分の読解力の程度を超えているであろうという予断、それと、村上春樹の本を「買う・読む」という行為がすでに、ファッションのひとつとして表現されている、その表現に、どうしてもついていけないという偏屈からである。

結局、村上春樹の作品を読むには、すでに体力も失っている、と言った方が正直なところかもしれない。

その村上春樹氏が、平成二十三年六月九日スペインのカタルーニャ国際賞を受賞した折のスピーチ「非現実的な夢想家として」の中で、「無常」について語られ、強く共感した部分があったので抽出する。

日本語には「無常」という言葉があります。この世に生まれたあらゆるものは、やがては消滅し、すべてはとどまることなく形を変えつづける。永遠の安定とか不変不滅のものなどどこにもない、ということです。

これは仏教から来た世界観ですが、この無常という考え方は、宗教とは少し別の脈絡で日本人の精神性に強く焼き付けられ、古代からほとんど変わることなく引き継がれてきました。

「すべてはただ過ぎ去っていく」という視点は、いわばあきらめの世界観です。人が自然の流れに逆らっても無駄だ、ということにもなります。しかし日本人は、そのようなあきらめのなかに、むしろ積極的に「美」のあり方を見出してきました。

私の多少の不誠実と喰わず嫌い、この理由によって村上春樹の本を読んでいず、したがって氏のワールドはどのようなものか知り得なかったが、この「無常」に関する件には強く共感した。

「無常」、仏教的には、一切の物は生滅・転変して常住でないこと。人生のはかないこと、などと『広辞林』（三省堂）にある。

考えてみれば、高齢者の俳句は、どう詠んでみてもこの『広辞林』の述べている謂から発想されているようだ。

たとえば、旅先の高原で俄かに目の前にひろがった「花野」、この花野を現役ばりばりの人はとりあえず美しいとだけ見るであろうし、それからすぐに今夜同僚達と旅館の一室で囲む麻雀のなりゆきに心を馳せるかもしれない。

で、高齢者、ことに「俳句をやっている」高齢者は目の前に夢のように現れた花野に対した時、やはり現役ばりばりの人と同じように、美しいと感動する。感動はするが、すぐにこの花野も冬が来れば「生滅」、やがて滅んでゆく花野である、という気持に移ってゆく。

それが意識無意識にかかわらず高齢者俳人の思考回路のような気がする。そうした思考回路によって、高齢者にあって壮年層にはない洞察力に満ちた俳句を詠めるのであろう。

もりもりもりあがる雲へあゆむ　　種田山頭火

昭和十五年作。『山頭火全句集』(春陽堂書店)より。種田山頭火の晩年の作。

この俳句を表面的にとらえると、青壮年が詠むような勢いのようなものがつたわる。「もりもりもりあがる」この声調が、それを思わせるが、逆に考えてみると青壮年は、こうした措辞は使わないとも思う。

山頭火は昭和十五年十月、五十七歳で没している。その上で掲句は没年の夏に詠まれたとする季感がある。没年、逝った年、八十歳の私はあえて書くのだが、自分の生の終わりの予感は、ぐっと戦慄するように自覚するものではないかと思っている。その自覚が本当とならないために、あえて生命力を感じさせるような措辞に傾くのではないだろうか。この点を言い換えれば、やはり高齢者の意気地・粋・ひいては夕映の美しさ、となる。
では、若い日の山頭火の俳句はどうか。

まっすぐな道でさみしい
たまさかに飲む酒の音さびしかり
うしろすがたのしぐれてゆくか
分け入つても分け入つても青い山
酔うてこほろぎと寝てゐたよ

若いのに何というさびしさに満ちた俳句であろうと思う。この厭世的な気分は山頭火の持って生まれた気質からくるものであろう。若い時に、こうした厭世的な俳句を書いて高齢・晩年になって、

もりもりもりあがる雲へあゆむ

という句に変わってゆく。
これが「黄昏感」を抱いている高齢者俳人の「いのちの反映」であると考える。いのちの残照を、いっそ青年のように表現する。まぎれもなく高齢者の美学である。この美学にこだわっていたいのが高齢者の希求である。

金ほしき青とうがらしとうがらし　石橋辰之助

石橋辰之助は明治四十二年東京に生まれ昭和二十三年、四十歳で没している。昭和二十二年、推されて新俳句人連盟委員長を務めたが翌年急逝した。石田波郷が病床の石橋辰之助を見舞った折、辰之助夫人が目に泪をいっぱい溜めて、ただ黙って石田波郷を迎えたというエッセイを読んだことがあるが、今定かには表わせない。

この俳句の「金ほしき」は、戦後の窮乏生活を考えれば、ささやかな暮らしを支える「金」である。米や味噌、それらを買う切実な金であったにちがいない。

そうした思いをベースにして考える時にこの句の非凡を思うのは、「青とうがらしとうがらし」の何でもない食材の語のくり返しである。

今最低限度の生活をするだけの金が欲しい。でもそれをあからさまに表現するには、辰之助の矜持が許さない。こうした思いから香りを含んでみずみずしい季語を登場させたと思われる。

短い石橋辰之助の生涯だったが、その生涯なりに晩年はある。ゆえに、この句は辰之助の晩年の作。どうしても、生きるための金が欲しいという気持と同等の矜持が掲句のレトリックになったと思うのだが、それもこれも高齢者の美学が、そのように詠ませたことになったのだろう。その高齢者の夕映の美学も、村上春樹の言う「無常」とオーバーラップするだけに、より味わいが深くなる。

種田山頭火、石橋辰之助の俳句にしても、やはり、村上春樹氏の思いといったものと合うことがわかる。乾いた布に水が沁みこむようにわかってくる。

村上春樹作品を読む、それによって、俳句という妙な権威主義に蝕まれた筆者そして高齢者は、もうひとつみずみずしい俳世界を描くことができるのではないか、この考えに至るだけでも氏の講演全文に接した意味があった、と今考える。

それも、青とうがらしのような香気を忘れずに、である。

第四回　心をほぐす

やつにも注げよ北風が吹きあぐ縄のれん　　古沢太穂

古沢太穂の壮年時の俳句である。

古沢太穂は大正二年、富山県に生まれて平成十二年、八十六歳で生涯を閉じている。この句は七・七・五の音律を踏んでいる。武張っているとも思える五・七・五の音律とちがって自由でやさしい気持をつたえている。

作者が壮年時、ばりばりと働いて居た時の句と思われるが、作者の気くばりが何とも心をなごませる。この気くばりは、作者が戦後働く人々のエネルギーを民族詩として昇華させるべく、つねにやさしい視線を送りつづけた心のあたたかさと思われる。

屋台で仲間達がコップ酒を酌み交わしている。ふと気がつくと端の方に、空になったコップを手に所在無げにしている若者が居る。作者はその若者に気がついて不憫に思った。

この表現には、旧守の人が嫌う「連帯感」という気持がこめられている。「連帯感」とか「同志」などというと、すでに戦前に権力側が情報操作してつくりあげた「アカ」という言葉と連動してしまうのだと考える。

連帯感や同志という言葉をほぐすと「助け合い」「仲間」というおだやかな言葉になる。このほぐした言葉でよいのである。

高齢者、ことに男性高齢者には断然この言葉に遠く生活する傾向にある。これが「俳句」をする高齢者にとっては、いよいよその傾向がはっきりとしてくる。

高齢者は、当然のように血流がなだらかではない。まして高齢者俳人は、俳句を詠む、それもよい俳句を詠まなければならない、という殆ど戒律的になって、その俳句の表現は息苦しささえ感じる時がある。

吸う息をすくなく、吐く息を大きく強くしよう、これが筆者が勝手に編み出した俳句をつくる時の呼吸法である。それでも決してすぐれた俳句が生まれないのは、持って生まれた貧しい詩才のせいと割り切りたい。

啄 木 忌 春 田 へ 灯 す 君 ら の 寮　　太穂

青春性に満ちている。

いつもこの句を読む時、この寮は、どこだろう、と思う。この句が詠まれたのは当然戦後、昭和二十年代頃。

昭和二十年代は、まだまだ土地や山林が業者の攻撃的な買い占めなどは行われず、東京二十三区でも充分に牧歌的な景色が見られた時代だった。

東京近辺か作者の住んでいた横浜か、まだ春田が点在する場所。その春田に隣り合うようにして若者の寮が建っている。もちろん木造の廊下を歩けば、きしむような寮。その寮の窓は夜遅くまで点っていて春田がむしろさざめくように見える。

この俳句からは、若者より年長の兄か父のような、あたたかい視線の発見がある。いつまで議論をしているのだろう。もう眠ればよいのに、そんな年長者のつぶやきさえ感じられる一句である。

高齢者は若者に接する時、たいてい構えてしまうか、反対に戦意喪失といった形で向かう。若者の俳句に対しても同じことがいえる。

発想がすでに青い。言葉が観念的。若いくせに年寄臭い内容だ、などと殆ど否定的に見ようとする。

これがすでに敗北感をベースにした抵抗意識となって、高齢者の血圧上昇、体の諸器官の鬱血状態となって健康を妨げるようになっている。

太穂のこの句のように、いっそ慈父の心情で若者の俳句に接するのが最善と考える。自分の健康のためにも。

外は飛雪帰る風呂敷かたく結ぶ　太穂

「帰る風呂敷かたく結ぶ」。何という意志的な措辞であろうかと思う。その意志感はそれなりの純一な目標を持っていなければ生まれぬ措辞と考える。

目標・意志、高齢者にとっては、今さら・しんどい、などと敬遠される言葉となっている。面映ゆい、という気持もある。

が、いくら高齢者といっても、とりあえずの目標・意志がなければ一句は生まれない。たとえば、一週間先の句会、俳句大会への投句でもいい。自分で、こうした設定をしなければ作句に踏み出せない。ぼんやりとテレビを見つめている方がはるかに楽しいからである。

さて、掲句にもどるが、上五の「外は飛雪」、この措辞が、古沢太穂という人間を的確に表わしているように思える。太穂は、現在の東京外国語大学のロシア語学科を卒業しているが、この「外は飛雪」という措辞は、ロシア文学のエキスに触れる思いがする。

そうした自己感懐はおいて、ふたたび目標・意志に沿った論考にもどす。

三月十一日の大震災以降の被災された人々の心には目標・意志というものが、大きく減殺されてしまった。漂泊感さえ漂っている。

そのことを思うと、高齢者俳人は、俳句が詠める、ということ自体に感謝しなければならない、と教条的になったが、改めて太穂句の意志の力を借りて自然体を守りながら作句をして行きたい。

私事をすこし書かせて頂くが、某日、買物帰りのエレベーターで、たまたま同年配の人と二人きりの乗り合わせとなった。相手の人が「失礼ですがおいくつですか」と私の重そうな買物袋に目を走らせながら聞く。「八十になりました」と答える。「そうですか私は八十四です」とその人は降りて行った。これだけのやりとりで硬い心がほぐれるような気がした。

高齢者はこの呼吸感で句を詠みたい。その時ふっと思ったことである。

第五回　齢のこえ

「春燈」という俳誌を、つねに、なみなみならぬ興趣を持って読んでいる。同誌は、昭和二十一年に久保田万太郎を選者として、安住敦、大町糺らにより創刊されたもので、昭和三十八年五月、久保田万太郎の逝去後、安住敦が主宰となり以後何人かの主宰者を経て、現在は安立公彦氏が主宰をされている。

「春燈」が、何代かの主宰者を経たとしても、つねに、久保田万太郎の気配・気息といったものを同誌をひらくたびに感じる。

とりわけ十月号は、なぜか格別の興趣を持って読んだ。なぜだかわからないが、秋風に一抹の冷気が加わってきて、万太郎が一時期過ごした鎌倉の冬、その冬の空気感が「春燈」をひらかせたのかもしれない。

手拭もおろして冬にそなへけり　久保田万太郎

昭和二十年に万太郎は知人の好意によって、鎌倉材木座に転住する。この句には前書きがあって、

十一月四日、東京をあとに鎌倉材木座にうつる。白き柵めぐらせる簡素なる西洋家屋なり

と付されている。

また、

海、窓の下に、手にとる如くみゆ

ふゆしほの音の昨日をわすれよと

の句もある。

ついで書くと、

――心の和みがまたわたくしに返つて来たらしいのです。嘗て「日暮里雑記」を〝三田文学〟に書いたやうに、「かまくら雑記」をまた、毎月、すくなくも四五枚づゝ、〝劇場〟(演劇雑誌)に書いて行つてみたいと思ひます……「かまくら雑記」

こうした「かまくら雑記」の抽出は、「春燈」平成二十三年十月号の「久保田万太郎研究会」の研究発表・その一、として青柳雅子氏の発表文から転載したものである。

さて、前出の、

手拭もおろして冬にそなへけり

この句は、万太郎五十七歳の作。万太郎は七十三年の生涯であったから、ほぼ晩年の作となる。万太郎俳句の中でも端然として読む人に向かっている、という俳句である。「も」の係助詞が、一句のうしろのさまざまを彷彿とさせて、この世のしがらみさえも思わせている。「けり」は、当然意志的な切字で鎌倉ではじめて過ごす長い冬への気構えを感じさせる。

こうした句に接すると、晩年へ近づいてゆく一種広漠とした怖れ、といったものが、きっぱりと拭われることに気づく。

一月十七日―転入手続を了る

冬日さす愉しき柵のつづきけり　　万太郎

同じく鎌倉転居の折の俳句。

「愉しき柵のつづきけり」が、それこそ、何とも楽しい。普通六十歳近くになって、まして平均寿命が短かった時代の、この齢で、こうした措辞は出にくい。普通であったらほの暗い重い措辞となるのだが、やはり久保田万太郎という詩人の感性が、どうしても、このような表現にさせていたと思われる。

詩人の感性などと固く書くが、要するにしなやかな詩性とも言えるのである。その、しなやかな詩性であればこそ、

短日や大きな声のうけこたへ　　万太郎

の句のどこか、ぎすぎすした夫婦仲の気配を感じられる一句が、何か新派の舞台を思わせるような洗練された一句に仕立てられてしまうのである。

やはり人生後半の血流の澱みを感じさせない誰をも振り向かせる磁力を持っている。

さて、高齢による血流の澱みを感じさせない現代俳人の一人に小原啄葉氏がすぐに考えられる。

氏は現在九十歳。『小原啄葉季題別全句集』（角川書店）を上梓した。

氏とは一度盛岡市でお会いしているが、その物腰のやわらかさにおどろいたことがある。九十歳に近い氏が、今の俳句への疑問点を口にして、その俳精神のやわらかさにも再び改めて感銘したことを思い出す。

したがって、この『季題別全句集』は、小原啄葉全仕事的に、その作家像を表わしているが、やはり、齢を積んだ後半の俳句に目を注ぐ次第となる。

冬ゑし起居の吾にこゑの出て　　小原啄葉

平成二十一年、作者八十八歳の時。「樹氷」掲載句。

寡黙な一句だが、ありありと齢を感じさせている。おそらく口数のすくなかった一日に何げない起居に声が出ている。その声は自分を励ます声なのだが齢が命じた声ともとれる。

齢が命じた声、それは身体の諸器官が、あまり激しい仕草をしないで貰いたい、という声と齢に負けないでがんばれ、まだがんばれる、という相克した声と思うが、後者の声と思いたい。

ごく自然に考えて勤勉な日本人は、働けるうちは働く、それが美徳であると考えていて掲句の「起居の吾」が、その思いを濃くしている、と考えられる。

かつて小原啄葉氏のことを、筆者は「みちのくの総大将」と言ったことがあるが、その考えは変わらず、いよいよ濃くなっている。

第六回　賦活をうながす

現代俳句協会会長の宇多喜代子氏とは協会の会議室で、しばしばお会いする。会議室へ入ると、すでに会長宇多喜代子氏が、大阪・池田市からの遠路の疲れも見せずに笑顔をたたえて凜として坐っている姿に恐縮することがある。

ちなみに氏は昭和十年生まれ、七十七歳。俳句との出会いは高校生時代に、ある僧侶と会ったことからはじまる。

「赤貧洗うがごとし、といった方で、どんな句であろうとほめられて、うれしくて続けました。高潔な人たちに巡り合えて、それが人生最高の幸せですね」

と述べている。

この言葉通りに、氏はつねに幸福感といったものに包まれている感じがする。氏と話している時やその場に居るだけでも元気が出る、という感じである。

何も飾らない。何も構えない。そんなざっくばらんの気風を感じる。で、これこそが、高齢者が持っていたい気息であり、その半分でも持ち合わせていたい気息でもある。
その気息を充分持ち合わせた氏の第六句集『記憶』（角川学芸出版）から高齢者に適った俳句を味わせて頂く。

十吐いて十吸う息の二月かな
初氷わが白髪の時間かな
つるつると辷る挨拶三が日
八月の赤子はいまも宙を蹴る
戦争の話もすこし昼花火
湯豆腐の四角が窮屈でならぬ
夢に来て誰が誰やら宝船
粥柱七十の歯の伸びる伸びる
悪友のわけて恋しき寒夜かな
夏草となるまでわたしは死なぬ
青柿にこれからという日数かな

知と俳と人生観を聡明な水でゆっくりと混ぜたような味わいのある作品である。
わけても四句目の、

八月の赤子はいまも宙を蹴る

は、そこに七十年八十年前の自分だった赤子がこの句の中に居る、という時空を感じさせる意味が横たわっていて深く考えさせる。

赤子だった自分が、無心に元気にベッドか布団の上の宙を蹴っている。何という倖せに満ちた時の巻きもどしであろう。

この幸福感に満ちた逆回転が、高齢者にみずみずしい気を与える。まさに七十代八十代の人が赤子になってゆくのである。

さて、宇多喜代子の、この俳句、

粽結う死後の長さを思いつつ　『象』

宇多喜代子全作品の中から一句を選べ、と言われたら、すぐにこの一句が出る。

「死後の長さ」、億兆年の長さ、永遠の長さ、めくるめく長さ、人はそれをつねに考えの端に置いて生きている。まして高齢者には確実に、その「長い闇」が迫ってきている。こうした恐怖感が、しだいに胸中にひろがっていくからこそ高齢者俳人は、俳句をアロマセラピーぐらいに思って作句するのが好ましいと考える。

「粽結う」というゆかしい生活感に満ちた動作と天文学的な恐ろしさ、この絶妙な対比を見せた一句を詠んだ宇多喜代子氏。

その氏について筆者なりの忘れがたい一シーンがある。

それは、現代俳句協会の何かの会合のあとアルコールの仕儀となった。ほどよく酔いが進んで、なぜか、五木ひろしの「よこはま・たそがれ」の唄のフレーズを言葉にすることになった。筆者が「よこはまたそがれ　ホテルの小部屋」そう口に出すと、宇多喜代子氏も口にして一瞬そのフレーズが重なった。で、流れとして顔を見合わす、ということになった。もちろん宇多喜代子氏の記憶の外にあることだが筆者には書いておきたいことであった。


　　ふと思ひ出したることも初昔　　　有馬朗人

くちずさむような表現に心の襞をざわめかせるような共感が湧き立つ。

この思い出したことは何だろう。それ自体が判然としない。しかし、それは昔幼かった頃の、たとえて言えば家族で興じた正月の遊び、あるいは学生時代に体験した辛くて甘くて切ないもの、自分だけが知っていて人に告げるには意味のない想い出、それらであろうか。それらが高齢となるにしたがって濃く懐しくよみがえってくる。

すでに著名な学者俳人の、いくらか含蓄のあるこの一句は、現在只今の氏が、あまりにもかがやいている分、とても貴重に思える。

俳句を詠む高齢者は、こうした珠のような熾のような遠い切ない想い出を、高価な食材をすこしずつ使うようにして「詠む」作業をする。そしてこの作業は体の諸器官の賦活をうながす有益なものであると考える。いくらかの回春性をにじませての賦活効果が考えられるからである。

初夏に開く郵便切手ほどの窓　朗人

この豁然とした比喩と明るさに満ちた句に接した時の感動は忘れられない。南欧的な明るさの中の人々のつましい営みがすぐにつたわってきたからである。

ましで物理学の大きな学者が詠んだ、という端的な事実がより胸を打ったのである。俳句はこうして学術書に埋もれた人を詩人にもし人々に勇気さえ与える。高齢者にも、より生きいく力もさずけることになる。

同じ高齢者俳人の有馬朗人氏はそのことをつたえているのかもしれない。

第七回　熱いコロッケ

白牡丹汚るることをおそれけり　澤井我来
薬より胃に効果あり豆御飯　富田潮児
まだ生きるつもり湘南海びらき　文挾夫佐恵
起し絵にして珍らしき雪の景　後藤比奈夫
現そ身のしづけささても菊の前　松本　旭
雪溶くる瞬時の光とどまらず　西岡正保
病む妻の爪切ることも盆用意　原田青児
淡　海　今　諸　方　万　緑　谷　深　し　森　澄雄
小学生に田植えの時間われ眠る　金子兜太
鬼籍にはわが名未だし　鴨足草　伊丹三樹彦
片虹やひとたび捨てし故郷の田　加藤憲曠

わが友の蟬よ蛙よ唄おうよ

津田清子

これらの俳句は「九十代の俳句人生」というテーマで平成二十二年九月号の「俳句」に載せられたものを挙げた。

この俳句の作者には、すでに故人になられた方も居られるが、そうしたいのちの灯を見つめながらの作品には、やはり、いのちの漲りが感じられる。決して暗くもないし無意味な明るさもない。普通に詠んでいる。

この「普通」が、高齢者には必要で、普通であれば、血圧も脈搏も普通となっている。もっとも好ましい呼吸感を、これらの俳句は示している。

澤井我来句は、たとえ高齢であったとしても、いや高齢であるからこそ「穢」を恐れる気持は尊い。「老齢臭」などという言葉とは遠くに居たいのである。富田潮児句は、なまじの薬より自分の好きな豆御飯の方が、よほど体に元気を与えてくれることを述べている。

文挾夫佐恵句の開放的な展開には大きく頷くことができる。自分はまだまだ生きてゆくつもりだから湘南の海開きの報が楽しく届く。ポジティブに生きていなかったら海開きの報などは届かなかった。後藤比奈夫句には高齢者にはほぼ無縁の「意外性」への発見がある。「起し絵」は本来おどろおどろしい情景が殆どだったのである。

松本旭句には自愛の心が汲みとれる。みごとな菊を前にして、今自分の心と体の「平安」を喜んでいる。「さても」は作者らしい洒脱の心がうかがわれる。西岡正保句の発見力につくづく感銘する。そして、その「発見」はとても美しい。原田青児句は、高齢者とてもまぬかれ得ない「介護する」俳句が詠まれている。つましい切ない益用意だ。

森澄雄句は愛着してやまなかった「淡海」が詠まれていて読者を淡海に誘う。が、「谷深し」に自分のいのちの深淵を覗いたのだろうか。金子兜太句の野放図な距離感には心がなごむ。今ごろ小学生は課外授業の田植をしているのだろう。けれど俺は眠りたいから眠る、そんな野放図は、やはり金子兜太の世界である。

伊丹三樹彦句は彼岸の恐ろしさを逆手にとっての仏教的な味わいがある。季語が絶妙。加藤憲曠句には高齢になっても消えることのない「悔い」が詠まれていて共感を誘う。やはり「片虹」が流寓感を濃くしている。津田清子句はいっそ楽しく、今の高齢・余生を楽しく過ごそうよ、と述べている。こうして詠むことによって山や野の酸素がひろがってゆくことを感じる。また一定の年齢に達した境地に於ての牧歌的な開放感に満ちている。この開放感は、あるいは人工的な開放感であったにしてもこう詠めばよいのだと考える。また、こう詠める境地を得たとも考えられる。

こうして考えると、高齢者の「残光」も決して悪くない。悪くないどころか、そこはかとない楽しささえ感じる。

その老いの境地に骨まで浸って、それこそ壮年に負けない仕事をしている人に映画監督の新藤兼人がいる。

渋谷の映画館で昭和二十二年、氏の脚本による『安城家の舞踏会』を観た時から氏への注目がはじまったのだった。

『安城家の舞踏会』は吉村公三郎がメガホンをとった映画だったが、まっさきに華麗なカメラワークにまだ若かった私の心が奪われた。斜めに据えられたカメラのアングルなどあらゆる技法が駆使されて衝撃的な映画だった。新藤兼人脚本家のストーリーは、敗戦後華族の没落による人生模様を描いたものだった。

新藤兼人は現在百歳。九十八歳の時に『一枚のハガキ』を撮った。この作品は第二十三回東京国際映画祭審査員特別賞を受賞、昨年の「今年の映画」の中のひとつとして評論家が高く評価している。

この映画を、新藤兼人は車椅子で撮影した。いわば非戦映画だが、

「――他国の領土を略奪し、兵隊を一人でも多く殺せ、というのが、偉い人が始めた戦争です。将校や参謀、戦争を操りたい人の戦争ではなく二等兵が見た戦争を描こう」と。

氏はこう述べている。

九十八歳の、このエネルギーは、「本当のことをつたえたい」、こうした欲求から生まれたものだと思うが、はじめに掲げた俳句達も意匠こそちがっても、後半の人生にさしかかって本心・本意を述べておきたい、そうした気持がにじみ出ている。新藤兼人の生きざまを述べた言葉

と言えば簡単だが、そんな斬りこむような言葉にもやさしさがある。そのやさしさは氏の監督デビュー作『愛妻物語』に、感じることができる。

そうしたやさしさと現実を見つめる俳句がある。

無礼なる妻よ毎日馬鹿げたものを食わしむ　　橋本夢道

戦後の逼迫した食糧事情での俳句。夫人は「馬鹿げたもの」ではなしに、まともな食事をつくりたい。けれどもそれができない。橋本夢道はそれを知っているから、このような洒落のめした表現の一句とした。

この身をかわすような表現こそが、高齢者俳人が欲しいものである。すくなくとも血圧の上昇を防ぐことができるからだ。

来世は孔雀の酒煮食う母に生れませ

母への思いもやはり「食物」への素材に流れてゆく。「孔雀の酒煮」がどこか幻想的で切ない。現実的でない食物ゆえに。

さて、某日筆者は二人きりの昼餉の惣菜を買いにスーパーへでかけた。コロッケ売場で二個入っているコロッケの袋詰を籠に入れた。その時、六十代位の店員から「おとうさん、熱いのを入れてあげようか」と声がかかった。「うん」と返事。やがて手にじんと熱いコロッケが二つ入っているのを渡された。

ほのぼのとして帰宅した。このほのぼの感、これが俳句に高齢者の私が詠めたらと思ったのだった。

さて、「俳句スピリッツ」。このフレーズは「俳句界」平成二十四年二月号の特集記事の表題である。

「スピリッツ」この言葉から重ねて個人的なことに触れるが、昭和五十七年に第一句集『父寂び』（牧羊社）を上木した。その時、私は怖いもの知らずで、かねてより傾倒していた平畑静塔氏に、その句集を送ったのである。

数日して氏からハガキが来て、「結構でした。あとは、今ひとつスピリッツが欲しいと思います」といった言葉が綴られていた。

スピリッツ。当時映画に関心を寄せていた私はフロンティア・スピリット（開拓者精神）つまり西部劇の筋で胸にあった言葉だった。そのスピリッツが「俳句界」の特集記事の柱として組まれていたので大いなる興味を持って接した。集中、永田耕衣（鳴戸奈菜執筆）の記事をおもしろく読んだ。その永田耕衣の俳句に、

夢の世に葱を作りて寂しさよ
朝顔や百たび訪はば母死なむ

があって、その仏教的境地の人生観にいたく興味を持っていた。で、鳴戸奈菜は、

白 梅 や 天 没 地 没 虚 空 没

の阪神・淡路大震災時の俳句を十句中に入れて永田耕衣の生涯を辿っているが、耕衣への思いは熱いものがあった。私が熱いコロッケを手にした時のような「慈」の熱さと同じと今思っている。

第八回　高齢者の美学

私の住んでいる大森海岸というところ、アクセスは京浜急行で品川駅から六つ目に「大森海岸駅」がある。急行は止まらぬ各駅停車駅。急いでいる用事を持つ時など無情に急行電車は通りすぎてゆく。大森海岸と言っても海側は味気のないマンションなどのビルが建っていて海岸の面影は殆どない。

で、陸側はかつて三業地としてそれなりに栄えたたたずまいが残っている。昭和の猟奇事件として騒がれた「阿部定事件」の張本人阿部定が捕えられるまでひそんでいた場所が、この大森海岸三業地の待合だった。

その思わせぶりの雰囲気を具体的に残しているのがホテル街である。そのホテル街は午前中に通ると従業員が道を掃いたり拭掃除などをしているが昼すぎて夕刻へさしかかると海底へ沈みこむような感じでイルミネーションが点り頽唐とした雰囲気をかもし出す。

そんな大森海岸の一画だが、西東三鬼の昭和十年頃の俳句に、

水枕ガバリと寒い海がある

がある。

この句の海は大森海岸の地から見た海という説があって大森海岸の地に住む筆者にとって印象の濃い一句となっている。

さて、その西東三鬼に師事した一人に三橋敏雄が居る。

三橋敏雄は八十一年の生涯を過ごしたが平成十三年に辞世の句と思われる、

山に金太郎野に金次郎予は昼寝

がある。

何とはなしのいのちの終わりの予感というものが高齢者の胸をよぎることがある。そのよぎるものはちょうど流星のように一秒に満たない「何か」だが、その予感の積み重ねはほぼ具体的に胸中の翳となってゆく。

作者が幼い時から聞かされてきた足柄山の金太郎伝説と二宮金次郎の物語、それが晩年を迎えて、つい昨日の話のように濃くよみがえってくる。それが楽しいしうれしい。でも自分はもうすこしこの俗世から離れて昼寝をしよう。もう自分のエピローグは見えているのだから。

そんな句意があてはまる三橋敏雄の一句だが、言えることは幸福感がこの句に漂っていることである。高齢者がえも言われぬ幸福感にひたることができるのは血流や神経系統の弛緩によるものかもしれない。

それでも最晩年には、せめて幸福感をつたえる俳句を詠みたいし接したい。その意味でふたたび三橋敏雄の晩年の俳句にもどる。

ありがたき空気や水や小鳥くる
俳諧は四季に雑さて年新た
はづかしき昭和戦史や残花餘花
今や有餘るプルトニウム秋の暮

晩年近い俳句だが、壮年のような客気がつたわる。客気と言っても観念の浮き上がった生硬なものではない。

たとえば二句目の、

俳諧は四季に雑さて年新た

は俳句俳句と言うが、何もしちむずかしく考えることはねえんだよ、春夏秋冬そして雑季、そんなこんなを詠んでいるうちに年が明けてゆくがな、そんな啖呵を切ったような作者の声がつたわる。

まして高齢者、俳句は楽しくほろにがく詠んでいけばいい。先はうすうす見えているのだから、三橋敏雄の晩年の句業に接すると皮膚感覚としてつたわってくる。

もう二十年近くも前、某氏の地方の俳句大会での授賞式に連れ立ちて参加したことがある。その席上には、審査員として三橋敏雄、金子兜太、宗左近氏などの錚々たる人々が居て表彰式の夜、皆で一室に集まり上も下もない雑談の席となった。

ことに金子兜太氏は、我々若い人とすぐ打ちとけて盛り上がったが三橋敏雄氏はその「賑やかぶり」をしずかな表情で眺めていたと覚えている。

その表情は、いわば、しんとして思索的でさえあったと覚えている。決して意固地でもないが全く開放的でもない。そこに「三橋敏雄」が居る、といった存在感がしかとあった。今では、こうした回想的な文章しか書けない。書けないが、それが高齢者の立ち位置のような気がする。

やたらに今の風潮に迎合せず、かと言って固陋でもない。それが三橋敏雄だったと今は強く思う。

いつせいに柱の燃ゆる都かな
昭和衰へ馬の音する夕かな
戦争と畳の上の團扇かな
あやまちはくりかへします秋の暮

當日集合全國戰歿者之生靈

まっとうな社会的思念を土台にして詠まれた三橋敏雄のこれらの俳句は高齢者の元気をうながす。いくらかの思考回路を辿らせる努力を求めているからである。

ペンが変わるが、平成二十年に八十二歳で逝った伊藤白潮に次の俳句がある。

急がざる時間のなかに僧都鳴る

この俳句は平成十八年当時発行されていた「俳句朝日」の吟行で琵琶湖をたずねた折の一句である。

たしか「足して千歳」琵琶湖吟行という特集で超結社で主宰七人を含む十四人が参加した。季節は深秋、琵琶湖の葭がさやさやと揺れていた。二泊の旅で滋賀の秋を満喫した。

伊藤白潮のこの句は三井寺での所見と思われる。「僧都」は添水、この句の言っているようにしんとして時間の止まったような三井寺に添水の音があった。

「急がざる時間」の措辞は、三井寺のありようではなく自分のことを言っているようでならない。「急がざる時間」とは「もう急がなくていい時間」であったと今考える。それは伊藤白潮氏が、旅先では一滴の酒も含まなかったからである。氏の酒好きは、かねてより知っていたから、何かを秘めていると感じた。それを氏の居ない時、話したことだった。

そして吟行旅行が終わって一年半後に氏の訃報を知ったのである。やはり、という気持と暗然とした気持につつまれた覚えがある。

ちなみに氏の他の俳句。

貸杖の太き選べば秋日濃し
露けさの太閤井戸の跡とのみ
すでに解かれ旅愁のやうなもの
宿坊の布団離され敷かれけり

これらをつくづく読むとさりげなくこの世を見切っているような気配がある。

考えてみれば高齢者はこれらの俳句のように現世を見切って詠んでみると、きっと奥行きのある俳句が生まれるかもしれない。見切ってしまえば俳句表現が求める「省略」の力学が働き端然と凛とした俳句が生まれるかもしれない。

ペンをもどすが、この吟行の二日目の帰る日、たまたま氏と筆者と二人のみで一行を待つ形になった。初冬の風がやや寒く自販機で熱い缶コーヒーを求めて二人で飲んだ。

澄んだ山気の中でのコーヒーは身に沁みた。氏と私は遠景に目をやりながら黙ってコーヒーを飲んでいた。それだけでよかったのである。今考えると伊藤白潮氏は人知れぬ宿痾を持っていてすでに自分の人生を見切っていたのではないだろうか。

琵琶湖で船遊びをしていた時も氏の視線は遠い何かを見つめていた。その表現はむしろ意志的で別人に見えた。それから一年余りして氏の訃を知った。

でも琵琶湖上での氏は生きている力に満ちていた。高齢者の美学を氏はつらぬいたのである。

第九回　既視感を守りたい

人は誰でも年をとると病に親しむようになる。仕方のないことである。仕方のない思いを胸にして病院通いにいそしむ。で、自然に主治医という医師をそれぞれに決めている。仮に医師自身がそう思っていなくても患者の方は、その医師を主治医と決めているのである。

某日、壮年時にかつて主治医と決めていた医院がスーパーの駐輪場となっていたことを知った。そう言えば、その医院の院長夫人が、主人はもう八十六、でも患者さんが見えると診てしまいますので困ります、と言っていたことを思い出す。

かつて恙があった時に老院長と話を交わしただけで、恙が失せた医院は今味気ない自転車置場になっていた。これが時代だ、と自分に言い聞かせたものの、こうして高齢者の記憶がすこしずつ確実にはぎとられていくことを実感した。

確実にはぎとられてゆく記憶や原風景、それは昨年の東日本大震災の被災地の風景と言えよう。無情な津波によってかつての風景がはぎとられていったのである。

魂鎮めにと山桜植ゑよ植ゑよ　茨木和生
津波跡子等来てのぞく蟬の穴　小林雪柳
白鳥の被災沼とは知らず浮く　八牧美喜子
初山河復旧ならぬ棟瓦　矢須恵由
日盛や津波抜けたるままの駅　柏原眠雨

大震災大津波という激しい物理的な作用による既視風景の激変、これが高齢者の身心を蝕む。かつて在った平安な町、人の行き交い、これらのいっさいが変わることで自分の歴史が曲げられたと高齢者は思ってしまうのである。
そんな思いを切り替えるため、次の俳句はどうだろうか。

分け入ればいのちの温み初東雲　安西　篤
春の川大正百年やや曲り　和田悟朗
街灯のまはりの雪よ美し大和　桑原三郎
憶いみな天に預けて山眠る　津沢マサ子
肩凝りに効く葉桜の中にいる　山﨑十生
貧しさの力ふたたび春の水　秋尾　敏

牡丹見てそれからゴリラ見て帰る　　鳴戸奈菜

「俳句界」平成二十四年三月号より抄出した。

ちなみにこの号は「現代俳句協会」の大特集をしていて現代俳句協会が立体的に編集されている画期的なものとなっている。

その特集に沿っての七句掲出だが、はっきり書くと、それぞれの句は決して平明ではない。だるい報告句でも機械的な写生句でもない。いわば噛みごたえのある俳句達である。

たとえば鳴戸奈菜句のなぜ牡丹を見てそれからゴリラなのか、これを考えるだけで高齢者の脳の血流が活発になることがわかる。

この句を読みほどくと上野公園で牡丹を鑑賞してその足で動物園でゴリラの仔細を見て帰ったという句意になる。

こうした俳句を分析する作業に興じていれば高齢者は既視の景色が激しく変わっても、そのために心の折れる程度はうすまるのではないかと思っている。

さて、西東三鬼に次の俳句がある。

春の馬よぎれば焦土また展く

自註文を書く。

焼跡の交叉点で馬が私の直ぐ前を芝居の幕を引くやうに通つた。茶色の馬の長い胴体が通り終ると——また元の通りの焼跡が遠く展開した。こんな大きな馬に会つたことは曽てない。

この句が詠まれたのは、太平洋戦争敗戦後、したがって「焼跡」とは空襲を受けた焦土のことである。当時の輸送力は掲句のように馬がたずさわったことになる。筆者の眼裏の景色として昭和二十一年渋谷駅前を大きな荷を曳いた馬が堂々と通っていた。

「——また元の通りの焼跡が遠く展開した」という自註文の件は映画のフラッシュ・バックのような鮮やかな印象がある。つまり既視感がふたたびよみがえったのである。

高齢者の既視感、これは拭いがたい強いものがある。昨年三月十一日東日本大震災で一切合財が津波にさらわれた。これは津波という容赦のないエネルギーがそうさせたのであって一割か二割ほどの納得感を持って高齢者は理解できる。自然災害だから仕方がない、高齢者特有の処世術で無理にでも自分を納得させている。納得できないのは福島原発被災による何万という住民の立退き命令である。

放射能汚染を避けるため、という命題のもとに、それこそ食事中の箸や茶碗をそのままにして避難させられたのである。

子供の時から遊び回った野原や川や山が既視として高齢者の胸中にしっかりとある。それが知っている人も居ない索漠とした仮設住宅か借家住居をさせられている。

筆者はかつて戦中の思いをたぐって、

つちふるや強制疎開の日の父よ

という句を詠んだ。

長男の兄を戦地に持って行かれて、五十歳半ばの父と中学生だった筆者は財力もないために借りたリヤカーで、強制疎開を受けなかった借家へと何回も往復した。その日のことは忘れられない。

少年時の私には金持と思われる級友が、わざわざ門の前に出ておもしろそうに（と私の眼には映った）眺めていた。私は目を伏せて級友の視線を避けてひたすらリヤカーを押して歩いた。

その夜、父は煮干しの小魚を膳に置いて配給の貴重な酒を大事そうに目をつむって飲んでいた。もう何十年も前の、目に残っている一齣だが、その強制疎開先の借家の周りは、ごみごみとした路地、仕事もなくなった町工場のトタン屋根が春の日に曝されて、引越前のゆたかな景色とは無惨にちがっていた。

その時の哀しい思いを、今福島県の原発避難された人の気持と思い合わせる時、筆者の胸は重くふさがる。

異様なことを詠はねばならぬ事はない。且て私は「俳句は生命記録だ」と云つた。平凡と見える日常生活の断片が、決して平凡でないのは、作者の生命の火が燃えてゐるからだ。ぼんやりしてゐては駄目だ。

これは西東三鬼が昭和二十三年の十二月「激浪」四号に書いた一文である。
「ぼんやりしてゐては駄目だ」と西東三鬼は言っているが、高齢者は、意識無意識にかかわらずぼんやりとしてしまう。高齢の体力がそうさせるのである。
ぼんやりとしないために西東三鬼の俳句を抽く。

鉢巻が日本の帽子麥熟れたり

三鬼にはすこし珍しい生産的な俳句である。おそらく農民の姿恰好かもしれないが「麥熟れたり」が何とも心地よい表現になっている。いきいきとした息吹きがつたわる。

八方にスト雲までの草いきれ

この「スト」は「ストライキ」のことである。敗戦後各地で労働事情改善を求めるストライキが起きた。
ストライキというネガティブな言葉も三鬼の手にかかると逆に建設的に感じる。「雲」「草いきれ」、これが生命力を思わすのである。

高齢者俳人は俳句はもう「さっぱり」と淡白に詠みたい。何もかも識って悟ってしまった以上ぎらぎらと詠みたくはない。こう書く私が高齢者だからつくづくそう思う。

そうなのだが「俳句界」三月号に金子兜太はこう詠んでいる。

被曝福島米一粒林檎一顆を労わり

現在の福島へ心からなるいたわりの心を述べている。氏自身恙があった境遇にあってのこの作品には襟を正さなければいけない気持がする。

高齢者の郷愁に満ちた既視感を守るには、この句のように、いたわり・前向きの心で詠めばいいのではないかと思っている。

第十回　「海程」「沖」そして「鬼瓦版」

「海程」と「沖」、おおかたが対照的と言ってよい二誌である。「海程」はすこし青臭く言えば革新系、「沖」は保守系、そんな分けかたができるだろうか。で、革新と保守、まるで政党のような分けかたをしたが、この二誌には筆者の個人的な思いがふくまれている。

「海程」にはどのような個人的な思いがあるか、それはやはり金子兜太という存在である。金子兜太、九十三歳。あれこれ言う必要もない強い磁力を持った俳人、それも偏屈な磁力ではない現代の空気感をきめこまかく察知している稀有の俳人である。次に「沖」。「沖」にはかつて筆者が拠っていた。それが個人的な思いで対象にした二誌である。「沖」の主宰・能村研三は六十三歳、いわば働き盛りと言えよう。

あえて書くと、今年「海程」は五十周年、「沖」は五百号、これを記念して二誌共祝賀の会を開く。

そうした二誌だが、やはり高齢化の波は押し寄せていると言えよう。その点を筆者の知る限り作者と作品を挙げてゆく。まず「海程」の作家から挙げる。

数ベクレルの無味無臭なる淑気かな　安西　篤

作者は八十歳。つねに前を向いている俳人、気くばりのこまやかな人である。この俳句にしても原発禍を側面的に詠んでいて深い思い、メッセージ性がある。無味無臭だから放射性物質は恐ろしい。それでも新年ゆえの祝いを感じなければならない。「かな」の切字が、その辺りの切なさを表わしている。

あるにはある罪科青き竜の玉　塩野谷　仁

作者は七十四歳。誰もが持っている原罪意識というものを知的に詠んでいる。この「知」は決して上滑りをせず現実に生まれている「竜の玉」でしっかりと読者を納得させている。原罪意識と一抹の不安感をしなやかに詠んでいて共感度を強くしている。

冬銀河戦を知らぬ人ばかり　北原志満子

作者は大正六年生まれ九十五歳。作品のみずみずしさにおどろく。この句の切味・思いにしても日本女性の気骨がそう詠ませたのだと思わせる力がある。

日本が戦争に敗けて六十七年。その間にいくつもの世代交替があった。開戦日も敗戦日も知らぬ人が増えつづけている。

頭上の冬銀河には戦争で命を落した人の魂が今の日本国のありようを案じているようにまばたいている。まことに戦争を知らぬことはよいことなのだが、耐えることを知らなくなった人ばかりの国になった。

作者はそのことを寡黙にしっかりと訴えている。

餅搗きの人が明るくなっている　　森下草城子

作者は七十九歳。この表現から日本人の思いを汲むことができる。あの大震災から一年余が経って日本人は無理にでもすこし明るくなっているのかもしれない。そう思いたい、そんな句意がつたわる。無理にでも口角を上げて笑顔をつくろう。淡々とした表現のなかに、この思いがつたわるのである。

「沖」、こう書くだけでも筆者の胸にはときめきに似たさざなみが起こる。苛烈と言ってもよかった金融関係の仕事の隙を見つけては「沖」の句会へ足を運んだ日々、そうした日々の中で会った人の大半は「沖」には居なくなっているが、その感傷はおいて、黄金世代の人の作品を挙げる。

冬麗の記憶合せのクラス会　北川英子

「記憶合せ」、何とも明晰な言葉だろうと思う。ひさびさのクラス会。もう誰それと何をしたか、どこへ行ったかがちぐはぐな記憶になっている。それを話し合わせてゆくクラス会の集まり、切なくて楽しいひとときであった。そうこうしているうちに冬麗の日は西へ傾いてゆく。人生のように。八十一歳の作者である。

裸木の親し気どれも吾に向く　大畑善昭

七十五歳である。かつて「沖」の青年の俳人として颯爽と立ちふるまっていた善昭氏も古稀後半にさしかかっている。

人生後半で仰ぐ裸木のひとつひとつは、まるで自分のようなたたずまいを見せている。だから裸木が自分に向かって寡黙に立っているように見える。さりげない表現の中に七十五歳の作者がしっかりと見えている。

諸説ありたれも頷くひめ始め　工藤節朗

七十八歳。それこそそうなずける俳世界だ。もっともらしく「ひめ始め」の本意を言えば言うほどさざなみのように笑いが起こる。健康な笑いだ。かつて石坂洋次郎の『石中先生行状記』

という健康な艶笑小説が読まれたが、それに通じるおもしろさである。健康な笑いは高齢者の免疫力を強くする。

伊勢志摩の炙り牡蠣には白ワイン　上谷昌憲

作者は七十一歳。もう何十年も前に悪口を言い合いながら「沖」で熱い句作に励んだ日々を思い出す。

さて、この句の楽しい俳世界にまず惹かれる。フランス人の晩年の夢として、ニースの海岸で沖を眺めながらレモンを垂らした生牡蠣をすすりワインを傾ける、という話を聞いたことがあるが、掲句の味わいは、それと重なる。

あれほどに目の色を変えて作句に励んでいた「青年」が、こんなにフランス人の横顔を彷彿とさせるような句を成している。やはり齢の力と思わせるのだ。

たまたま筆者のかかわりの濃い二誌の作家作品を通して鑑賞したが、こうしてペンを進めてみると加齢・高齢はそれほど悪いことではないという思いに至る。それよりも「円熟」「悠々」という熟語が好ましくフィットさえしてくるのだ。

さてこの俳句、

メルトダウン燦と無数の蟬の殻　中嶋鬼谷

かへりみる雁もあるべし津波跡

中嶋鬼谷氏は七十三歳。個人紙「鬼瓦版」を発行して二十号に達している。その発行態度はひたすら寡黙に誠実に終始している。

寡黙で誠実である分、氏の洞察力はつねに正鵠を得ている。時に秋霜烈日、といった論法となるが、その記事の殆どは「目の洗われる」といった感じで共感を強くする。

掲出の二句にも作者の感懐が濃く漂っているが、「鬼瓦版」二十号には、その感懐に至る気持のありようが記されている。七十三歳の氏のこうした仕事のエネルギーは、ともすると「安全・無風」へと歩を移す高齢者の心をふっと立ち止まらせる。そしてその時の気持はリフレッシュされたと直感する。

で、「鬼瓦版」のはじめの文章を引く。

足尾鉱毒事件の折、東京帝国大学のある教授は、「少しの銅は体によい」と言った。

福島原発事故に際し東京大学のある教授は「少しの放射線は体によい」と言った。百年を隔てて二人の御用学者の見事な一致に驚き、かつ呆れる。

この文章を刺激的ととるか共感するかは高齢者俳人の心のありようひとつだが、時計は遅れがちより進んでいる方がいい。

高齢者は、多少腰が曲がってきて耳目は悪くなっていても真実を見極めていたい。この見極める姿勢がすこし斜になっていてもうしろからでもかまわない。自由にしなやかに詠む、これが高齢者俳人のわずかばかりの権利だと考えている。

こうして書くと旧守よりも革新の方が高齢者には好ましいと考えてしまうが、要は遠い視線にして夕日をいとしむ、それによって酸素をとりこむの意味で、旧守は劣ると考えてしまうのである。

第十一回　各駅停車

仕事柄郵便局へだいたい週に三、四回は通う。わざわざ通わなくても宅配便などを利用する方法もあるが実は運動不足解消の目的もある。

郵便局では、すでに顔を覚えてくれていて、大牧さん、こちらへどうぞ、と呼んでくれる。俳句の仕事をしているお爺ちゃん、こんなイメージで覚えられているようだ。

実際腰痛を起こした場合など杖を使ってたずねるので、俳句をしているお爺ちゃんで窓口の人に印象づけられているのは、それはそれでかまわないと思っている。

一日のはじめ、あれをしよう、これをしなければと自分を追いつめるような形で机に向かうが、所詮凡愚の輩、すぐに思考が止まってゆく。で、気持をリフレッシュさせるため郵便局や銀行回りをして頭脳を回復させる、ということである。

このようなどうでもよい日常を記すのが目的ではない。書きたいのは郵便局や銀行でのちょっとしたやりとりで鬱屈した心が晴れていることを書きたかったのである。

鬱屈した心を晴らす、人の世のもやもやうじうじしたものを晴らす、これを「放下」と言えるような気がする。

「放下」、この思念は生きている人間が持ち得るものかと思っている。どんな行いすました高僧でも死期を悟ると泣きわめき騒ぐといった話を聞く。「生きる」という本能がある限り当然であると思う。

「捨てること・〔仏〕心身共に一物にも執着せず俗世を解脱すること」と「放下」の意を『国語辞典』（岩波書店）で述べている。この気息は高齢者が作句をする時の状態に通い合っている。

つまり言葉を築いて作句するのではなしに言葉を省きながら、これは表現の王道だが、この引きの呼吸が高齢者の心拍感に通じると思っている。


おじんにはおじんの流儀花茗荷　　草間時彦

晩年に近い句。

「おじん」とは「おじさん」のこと。今は殆どこの言葉は使われていないようだ。その「おじん」には何十年と培ってきた生きかた・流儀があるのだ。若い者からとやかく言って貰いたくない、とこの句は述べている。

いわばつぶやくように表現されていて季語はさりげない「花茗荷」、これがいい。無口なようでいて、「おじん」の気持をしっかりと代弁している。

茗荷の花の渋い色合いが「放下」の気持を集約している、と言ってもよいようだ。で、「放下」。何か恰好のよい言葉だが仏教用語にもなる言葉でもあるように、なかなかこの「放下」の心境にはなりにくい。

そういった疑問を越えて耐えて、とりあえず「放下」の名作を探ってみる。

鉄　鉢　の　中　へ　も　霰　　種田山頭火

やはり、と思われる、「放下」の俳句である。

みごとに省略が効いて残っている字句は「鉄鉢」と「霰」だけ、それだけで乾坤のさびしさがしっかりつたわる。

山頭火が行乞して歩く。歩いていても駄目な日は駄目で鉄鉢の中には何もない。鉄鉢の重さだけがしんしんと感じられてくる。

そうこうしていると霰が鉄鉢の中へ落ちてきた。からからと音を立てて。

世の中を捨てて無欲に生きようとする「放下」、自分でわきまえているつもりでもやはりさびしい。でも、こうした引き算の「放下」はすくなくとも高齢者の五臓を清らかにしてくれる。

「酸化」「錆び」こうした加齢による作用がないからである。

咳をしても一人　尾崎放哉

しんかんとした一句。

このような句に接すると「孤独」とか「寂寥」とかいう言葉が意志的にさえ見える。放哉のこの空白感に満ちた句に接すると、これらの言葉は自慰的で青臭い。

だから放哉のこの句が「放下」の句かと言えるかと思えばそうでもない。「放下」の境地へ辿るには「一人」の下五に仕立てが見えている。まだ読者（観客）を意識しているとさえ見える。

「放下」。これを体得するには一瞬ではないかと思っている。なぜ、それが言えるか。それは昨年の東日本大震災のエピソードを字で起こしてみる。

岩手県か宮城県かさだかではないが（テレビに耳を傾けながら仕事をしていたので）大地震の後に津波が押しよせてきた。若い人と一緒に高台へと逃げていた高齢者の母が遂に歩けなくなって立ち止まってしまう。母は、「わたしはもういいからあなた達逃げなさい、わたしの分も皆で長生きするんだよ」、そう言って最後には「ばんざい、ばんざい」と言いながら津波に呑まれていったというのである。その母は津波に呑まれて気の遠くなってゆく時、真の「放下」を体感したのかもしれない。願わくば、その時「放下」した母へ極楽浄土の「法悦」を与えて欲しいとペンを走らせながら今でも思っている。

今生は病む生なりき烏頭　石田波郷

この肯定こそが「放下」に通じるものであると思っている。否定する行為にはエネルギーが必要とされる。ならば現実を肯定した方がよい。

バスを待ち大路の春をうたがはず
小劇場かんかん帽を抱く一刻
花ちるや瑞々しきは出羽の国

三句とも石田波郷句。
若い日ならではの青春性に満ちた三句と、

今生は病む生なりき烏頭　波郷

の句への変わりかたは年齢がなせる自然な変わりようだが、この歳月感に「放下」の思いがこめられている。つまり「放下」は顔や手に老斑が増えるように高齢者の心に沁みつくものであると考えられる。

さて、私事ながら、

できもせぬ放浪を恋ふ麦藁帽　　　大牧　広

という句を書いた。

実行力も気力もないくせにこの現実社会から逃れたいという気持をいつも持っている。ただ思うだけで山下清のように鉄路を歩いたり知らぬ家に「おむすび」を貰う勇気もない。ただ遠いところへ行けば、何かある。そんな青臭い願望が、この句をつくらせたと言える。

高齢者俳人はしたがって、遠くへ行けば何かある、そんな望郷感を持って句を詠めばいいのではないかと思っている。

ついでにもう一句。

罐ビールかちりと旅のはじまりぬ　　　広

各駅停車の旅でなければ似合わない俳句だが、高齢者俳人は各駅停車を利用しての気分で作句をすればよいのではないか。そんな気分が「放下」に通じるのではないかとも併せて考えている。

こうして各駅停車的な旅が大好きな筆者だが、各駅停車の旅であっても何か「めりはり」が欲しい。

で、私なりにこだわっていたい俳句として、

ぐんぐんと山が濃くなる帰省かな　黛執

『野面積』（本阿弥書店）に収められているが、何か胸に迫ってくるような俳句だ。ぐんぐん迫ってくるふるさとの山、なつかしい故郷へ帰ることができる。もう作句時八十歳を越えたであろう作者の胸が少年のようにはずんでいる。

原点・原郷に着くと高齢者は好ましい酸素がとり入れられていきいきとする。それも、がったんごっとんの各駅停車の列車が好ましい。老いた人の心拍感に沿うからである。

第十二回　シチューの思想

夏景色とはＢ29を仰ぎし景　　大牧　広

日本が敗戦した時、筆者は十四歳、中学生だった。Ｂ29は戦争末期になると焼野原になった東京へは何を落すでもなく悠々と大空を翔びまわっていた。その銀色の胴体や翼が日に映えて美しかった。そんな胴体は何回か、いわゆる日本国民へ降服をよびかける宣伝ビラを無数にばら撒いて去ってゆく。そのビラは安手な紙に丼に山盛りされた白米の絵が刷られていた。

言うまでもなく配給の米さえ絶たれて食べ物に飢えている日本人へ反戦・厭戦意欲をつのらせるビラであった。一面の焼跡、防空壕の中での寝起き、天気のよい日は筵を敷いて地上で暮らしていた日から六十七年が経つ。

さて、これだけの文章を費やして筆者の感傷に共感を頂く、という気持では全くない。十四歳プラス戦後六十七年の歳月、足して八十一歳の筆者が、「俳人九条の会」で、「高齢者の俳句」というテーマで講演をすることになった。この草稿を編むために七十五歳以上の俳人の作品に時間の許すかぎり目を通した。同年代ということで熱い気持で接した。コンセプトは「思想性」それに沿って作品を追った。

そんなこんなで自分なりに或る一点に辿り着いた。それは、どのサイド、フィールドでもよいから思想性がこめられていなければ余りにも高齢者イコール「だるい」俳句になってしまうということである。

「だるい」俳句ばかり詠んでいれば血流がとどこおり遅脈、不整脈さえ考えてしまう。また、妙に身心の「枯れ」を意識して枯れた俳句を詠んでいると、きまりきったうすい軽い俳句しか詠めなくなるような気がする。

やはり、どのようなサイドから詠むにしても「思想性」、言いかたを換えれば「重心が感じられる」俳句を高齢者は、あえて詠んでいたいのである。

「思想性」、ごく普通に考えてみると「社会性」という範疇に至るであろう。で、「社会性」、今いちばん考えられるのは、やはり昨年三月の大災害にかかわる津波、原発の惨禍。すこし目をひらいてこの日本国の一千兆円という天文学的な借金、もうすこし目を転じてユーロの経済危機など社会性俳句に至る事象が、今の世に満ちている。

こうした世間の現象を高齢者ならではの「経験力」で咀嚼して「俳句」へと移してゆく。それが血流のとどこおりを解させる「思想性」をこめた一句になるのではないだろうか。

その意味で、

戦争が廊下の奥に立つてゐた　渡邊白泉

の句。日本が泥沼の破滅の道を辿る戦前の空気を詠んだ句という解釈だが、この俳句がどのくらい高齢者に理解されているかを考えることがある。

俳句人口は、減ったといっても百万人台のレベルは保っているであろう。で、高齢者は七割から八割と考えてもよいだろう。その七、八割の人が、この俳句のうしろの意味をどのくらい摑めているのだろうか。

こうした寓意に満ちた句を読み解くことが高齢者の頭の血流をよくすると考える。

この句について宇多喜代子氏の述懐を記す。宇多喜代子氏が小学生を相手に、この句の意味を求めたところ小学生はアニメの妖怪的な場面と答えたという。

なるほど、うす暗い廊下の隅に「戦争」という妖怪がうなだれて立っていたという想像はこの句の辿るところと一致している。まさに「戦争」という忌まわしい妖怪がいつの間にかひっそりと立っている、という意味に整えると子供の無垢な発想におどろく。こうした無垢な発想をとりもどすためにも高齢者は、やや難解性を持つ嚙みごたえのある俳句を詠むようにしたい。それを今深く思っている。

遠い記憶を引きもどすが、ある女流作家のエッセイで、自分の病気による余命を知った友が、それならば「知」の力で余命の限界をなくそうと新聞を毎日必ず隅から隅まで読み尽くそうと萎える力をふりしぼって眼を鬼のようにして読みつづけた。すると病状の方もすこしずつ快方に向かってベッドから起き上がれるようになったというのである。

これは科学では容易に解明できない「知」を求める力が身体のＮＫ細胞を動員して病巣を減失させたと考えられる。

外套の釦手ぐさにたゞならぬ世　　中村草田男

「たゞならぬ世」に、ひしひしと不安感がつたわる。不安感とは戦争を体験した高齢者のみが知る、あの息づまるような何も言えない不安感である。

はっきりとしたことは言えない。つぶやくように当時の戦争前夜の不安感を述べている。

このような重苦しい空気の世を再現させぬためにも高齢者俳人は、すこしでも理知的に社会の事象に目をそそぎ理知的な俳句を詠んでいきたい。

停電や自転車の灯のあたたかし　　衣川次郎
文明のほころびに生え菠薐草　　松田理恵
余震なほ春菜と水を分ち合ふ　　伊藤俊二
東北人てふ強き人類麦熟るる　　小山いたる

末黒野をかの世の父と馬に乗る　小池　溢

風船爆弾はわが春少年期　平瀬　元

気仙沼夏の魚を食べに行く　大部哲也

「港」の人の俳句である。

「停電」「文明」「余震」「東北人」「かの世」「風船爆弾」「気仙沼」。やわらかそうで、何か噛みにくそうな言葉を理知的に詠んでいる。こうした咀嚼力が高齢者の諸器官を強くする。加えて書くと、やわらかそうで噛みにくい言葉とは、いわば「G線上のアリア」のように処理次第で「非凡」「平俗」になってしまう言葉でもある。一句として成立できるかできないかは作者の把握力にかかっている。

さて、この俳句、

軍隊の近づく音や秋風裡　中村草田男

この俳句に接した時の感動を今もそのままよみがえらせることができる。中村草田男はきっと、刻々としのびよってくるファシズムへの恐れを詠みたくて、この一句になったのかと思うが、当時の石頭の特高は軍隊を讃える句と思っていたにちがいない、と考える。粛々と吹きわたる秋風、粛々と国民を蝕んでくるファシズム、本当の思いを言えなかった戦前戦中にこんな重畳的に無言の反戦・非戦の思いを述べた作者に今でも感動している。

この句から高齢者へとペンをもどすが、この句を単に軍隊の一連隊辺りが近づいてくるだけの表現ととって欲しくないということである。

サヨクでもウヨクでもいい。こういった俳句に対して、しなやかに心をほぐして接していきたい。高齢者の思考回路をしなやかにさせるために、さて、個人的に身に沁みた事柄を書く。

某日の句会の帰りに家までの道で自転車の前後に幼児を乗せた若い母の三人連れと一緒になった。母親は仕事帰りに託児所から子供を引き取っての帰途らしかった。

その時すれちがった親子の言葉。

「きょうはお父さんが居るからシチューにしようね」

その声で二人の子供は歓声を上げる。二人の子の一人が、きょうはシチューだよ、そんな晴れがましい表情で私の顔を見る。私は私で、よかったね、そんな気持で視線を交わした。やがてその親子は街の灯の尽きた住宅地へと消えて行った。

けなげに生きている親子三人のうしろ姿、シチューと聞いて目をかがやかせた男の子、何分かの行きずりに出会った胸に灯の点る光景が句会で疲れた身心に元気を与えてくれる。高齢者の「思想」とは、こんなさりげないあたたかい出会いから昇華して行くことを知った。

第十三回　愚直をつらぬく

「俳人九条の会」の集いが今年も行われた。

この会に約二百人程が集まった。筆者も呼びかけ人の一人として出席、村上護氏と講演をした。以前にも呼びかけ人の立場から金子兜太氏、松澤昭氏なども講演をされている。

筆者の講演云々はさることながら、こうした「革新的」な会合へ出席するたびに、もう四十年近く前の事柄が、強くよみがえってくる。

それはすでに他界された俳人・かのうすすむ氏のことである。かのうすすむ氏は、たしか八十代後半で他界したが、大田区の一隅で居酒屋を営んでいた。

その店へ当時信用金庫に勤めていた筆者が出入りしたのは、その店が何とも古風であったからである。店全体が昭和初期のたたずまいで町の隅でひっそりとたしかに息づいている、という態だった。

やがて、すこしずつ店のあるじは元闘士で起伏の多い半生を辿っていたことがわかった。氏の眉の濃い風貌が、その半生を物語っていた。その時点でも自分の信条にしたがって地域的な活動もしていて、ある俳句結社の支部長の立場に居た。

その氏が、ある日、しみじみと私に話したことがある。それは氏は同窓会に出席して何げなく友人に、今の仕事や暮らしぶり処世術などを酒席の場で述べたそうだ。

すると友人の何人かから、おまえ、まだそんなことを考えてんのか、そんな考えは若い時に「はしか」に罹るようなものだ、早くおとなの考えにもどることだ、そんな意味のことを言われたらしいのである。

「広さん、わたしの考えは甘いのかね」

氏はそう言って私に意見を求めた。私は、たとえ愚直と言われようとも自分の考えに沿って生きるのが正しいと思う、そんな意味の返事をしたように覚えている。

いみじくも「愚直」という言葉を使ったように氏の生きざまは決して要領のよいものではなかった。好悪の感情はストレートに述べる。居酒屋の店主でありながら気に入らぬ客が来ると追い返したりもした。

なぜ、このような述懐的な文となったたか、それは「俳人九条の会」に参加された人達の七割八割が七十歳以上、銀髪白髪の人だったからである。

つまり齢をいくら重ねても自分の主義主張をつらぬいている、そんな人達のオーラから何十年前の記憶が掘り起こされたといえよう。

さて、

白露や死んでゆく日も帯締めて
つはぶきはだんまりの花嫌ひな花
初嵐して人の機嫌はとれませぬ

三橋鷹女の三句。

この三句には「愚直」と言ってよいほどの自分の処世術がつらぬかれている。

三橋鷹女という俳人は器用に世の中を渡れる人ではない、という気さえする。他面愚直は哀しみさえもたらしている。

この「愚直」、高齢者にとっては好いのか悪いのか、すくなくとも右顧左眄して小器用に立ち回る人ではない。それゆえの存在感もある。三橋鷹女を高柳重信は、

「高度に言葉を屈折させて老いと変身願望が交錯する不可思議な言語世界を構築し女流として他に例を見ない存在となった」

と評している。

言い換えれば愚直をつらぬくことが、このような存在感を築くという事実に、どちらかといえば「愚直」のサイドに居る高齢者には光明を感じさせる。

また、光明といえば、

西方に大国興り枯野かな　　和田悟朗

の句にその光明を思う。

和田悟朗氏は八十九歳。この齢にして「見るものは見ている」氏の慧眼に思いを至すべきであろう。

「西方に大国」とは「中国」のことである。世界第二位にのし上がってきた中国、同じ東洋人として絶対に意識から外すことはできない国、それを八十九歳の俳人が憂いている。

この慧眼が「高齢者」には励ましとなって受けとめられるのだ。

もう一句、

冬の闇笑顔つくりて寝ねむとす　　猪俣千代子

作者は九十歳。俳句の集まりなどでつねにしなやかに軽やかに身を運んでいて印象的な人である。

人は眠る時、身心の緊張を解放させるため、無理な笑いでもいいから笑顔をつくればよいと読んだ記憶がある。

まっくらで寒い冬の闇の中で今日のことはとりあえず忘れて眠りにつくという意志、ここに愚直にも通じる意志を感じる。

生きかはり死にかはりして打つ田かな　村上鬼城

「愚直」という字を何回も書いていて、ふっと豁然と浮かんだ一句である。

この掲句の田は、きっと何百年も代々受け継がれてきた田であろう。その田を打っている農民が逝き、また同じ風態の農民が田を打っている。何代も何代も。

これを見慣れた農民の風景と言うには、あまりにも表面的な鑑賞となる。そこには暮らしを立てるため地主の搾取に耐えながら、それこそ「愚直」に田を守り田を打つ暮らししかなかった。

村上鬼城は司法代書人としてほそぼそと生活を立てていたから農民のように田を打たなかったが、俳句に対する姿勢は、まさに「愚直」そのもののように思える。

評論か解説か小説の記事だったか今ひとつはっきりしないが記憶を掘り起こして書く。それは句会の折の講評をしている鬼城が、そびえ立つ山のように見えたと言うのである。

耳が不自由だった鬼城は背筋をまっすぐにして顔を紅潮させて説く。その声は哀調さえともなって、ふと鬼城の顔を見ると、うっすらと泪がにじんでいたと言う。軽くは言いたくないが、その思いはわかるような気がする。

鬼城は司法官を夢見ていたが、父と妻と死別し三歳と五歳の女児をかかえて、その夢を捨てて高崎裁判所の司法代書人として生計を立てなければならなかった。

そんな鬼城が、大正二年高崎を訪れた高濱虚子に、

百姓に雲雀揚りて夜明けたり

の句を認められて以後、俳人村上鬼城としてまがりなりにも生計を立てられるようになった。そうしたさまざまの思いが句会のときどきにこみ上げて泪さえたたえるほどの感慨が胸を占めるのかもしれない。

まさに「愚直」だった村上鬼城の一面が浮かび上がってくる。

原発忌即地球忌や地震の闇　大井恒行
十一面観音どの眉間にも瓦礫の穢　齋藤愼爾
虚子日永子規のいのちの短しよ　宮坂静生
亀鳴くや原発圏の嘘まこと　諸角せつ子
泡盛が胃にしむ九条守らねば　松本静顕
昭和濃き映画をみたる大夕焼　平田房子

愚直をベースにした今日的な空気感をまとった俳句である。

これらの俳句には言うべきことは言うけれども「押し引き」のしなやかさを秘めた、いわば現在の俳句と言える。また、同時に言えることは今日の「愚直」とは、すこしの批判性、ぺー

ソスを感じなければ俳句の求める詩性が欠けてゆくのかもしれない。

瘦馬のあはれ機嫌や秋高し　　村上鬼城

ふたたび鬼城句へもどる。

口のきけない動物へのやさしい眼、このやさしさがあってはじめて「愚直」は共感を得るものとなる。「秋高し」の清朗な気分は、村上鬼城が晩年高齢時の感慨であったかもしれない。

第十四回　背筋を伸ばす

これからぞとも余命とも露煌めく　　篠田悌二郎

篠田悌二郎は明治三十二年生まれ、昭和六十一年八十六歳で没している。

掲句は作者何歳の時の作であるか不明だが高齢にさしかかっている時の心境が格調高く詠まれている。

人生はこれからだ、いやもう定命がすでに見えている、そんな相反する二つの心情がつねに交錯して高齢者の気持は決しておだやかではない。俗に言われている「枯れてきてまるくなった」高齢者のイメージは、単に目力が失せて背中が丸くなったことからの「見た目」の感じで言われているような気がする。

それにしても「露煌めく」とした措辞が、高齢者の位置を高いものにしている。この措辞こそに高齢の作者ならではの誇りさえつたわる。

はづかしき昭和戦史や残花餘花　　三橋敏雄

太平洋戦争は当時の空気感から言えば「聖戦」とされた。財閥と軍部が利潤と資源を追求するための「てだて」としての戦争を「聖戦」と呼び、この体制に批判的な人は「非国民」として捕われたのである。

こうした「昭和戦史」を「はづかしき」と言う三橋敏雄の姿勢に心より共感するものである。この俳句は、三橋敏雄の高齢時の俳句であるかどうかは不明だが、高齢時の俳句であるとしたら、いよいよ氏への私の傾倒は深まるのである。それは高齢者俳人が持たなければいけない「誇り」に於て思うことである。

天高し昭和を忘れない人と　　鈴木六林男

句集『一九九九年九月』（東京四季出版）に収められている。「昭和を忘れない人」、ここに鈴木六林男の美学がこめられている。「昭和」、初期にはささやかなデカダンスがあり、大不況がありその不況を利用した軍部の暴走による戦争があり原子爆弾を二つ落とされて敗戦、それからの奇跡的な復興を世界の人々に示した。

そんな「躁」を思わせる昭和を胸中にした人と秋天の下に居る。その人のその時の姿勢はまっすぐだったにちがいない。そして鈴木六林男も同じく背を伸ばして秋天の下に立っていたにちがいないと思える。

　はっきり書くと鈴木六林男氏とは一度だけ拝眉を得ている。現代俳句協会の総会のあとの祝宴の席であったが、たまたま筆者の挨拶の言葉が氏の心に障ったらしく色を作《な》してつめよられた記憶がある。

　筆者は、訳のわからぬままに引き下がったが氏のまっすぐな気質は後刻すぐわかったのだった。それで氏の存在感は、むしろすがすがしく胸に残ったのであった。


　虫の夜の星空に浮く地球かな　　大峯あきら

『夏の峠』（花神社）に収められている。

　視野を俄然宇宙にめぐらせていて高齢者の心拍がゆったりとなる。たしかに、テレビで見る地球はきらめいている球体となって、ゆっくりと宇宙空間に浮いている。そして地上には秋の深さを告げる虫の声、まさに高齢者の胸腔をひろくさせて質のよい酸素が吸収できる。姿勢がよくなるのである。

　プラネタリウムを仰ぐに似て、こうした気宇を大きくさせる俳句も高齢者には必須かと考える。


　良く酔えば花の夕べは死すとも可　　原子公平

『良酔』（風神社）所収。

「良く酔う」という行為は、しっかりと胸を張っていなければ「良く酔った」という気持とは遠い。

背を曲げていじけた姿勢での酔いは、胸中に鬱屈がたまるばかりで世の中を斜に見て結局悪酔いとなる。「花の夕べは死すとも可」この思いはおおかたの左党は感じ合う思いである。

この措辞の底流には日本人の死生観が濃く流れている。西行の歌にもそれが表われている。こうした虚無的な一面は逆に開放感をもたらす。その開放感は背筋と背中を凜とさせるものである。


ほうたるこいこいふるさとにきた　種田山頭火

「無」と「郷愁」とに満ちたこの一句はいつも筆者の胸にある。何にも持っていないから勁い、勁いが故郷への思いはぬきさしならぬ熱さがある。

山頭火はこの句を遠眼差しで胸を張って詠んだにちがいないと思っている。

初夢の杜甫と歩いてゐたりけり　吉田鴻司

吉田鴻司氏は筆者と同じ大田区の在住だった。氏は「蒲田」、筆者は「大森」という距離であった。

氏はつねに温顔そのものの人で俳句の宴の会では、それこそ無邪気に振舞っている姿が目に残っている。

で、この俳句、詩人の杜甫と歩いていた初夢を見たという。いかにも氏らしい気負わずにめでたい俳句と思う。こむずかしいことは言わないのが氏の身上であった気がする。こむずかしいことを言う時は血圧も上がるし脈搏も速くなる。すこしもよいことはない。氏は、これらのことを先師角川源義に学んで体得したと思われる。

巣鴨には余生ごろごろかき氷　尾関乱舌

九十歳に近い年齢の作者である。まさに余生を楽しんでいて、浅草や巣鴨辺りに足を運んでよいお酒を酌んでいる。

「余生ごろごろ」がじつにおもしろい。元気な高齢者達が巣鴨の一日を楽しんでいるさまを俳味ゆたかに表現している。

こうしたよい意味の雑味のある表現こそが高齢者に適う気がする。酸いも甘いもつつみこんだ雑味な言いまわしは血流をよくするものであると考える。

父の世は短か過ぎたり黒ビール　小池溢

たしかにわかる一句。織田信長の言葉の「人間五十年」ではないが、それに近かった父の世。

作者は八十歳をすでに越えているが、父の世からすれば、すでに長老の域の年齢になっている。居酒屋で黒ビールを楽しみながら、つくづくと今の長寿の世の倖せを感じているのである。それでも長寿が倖せであると言いきれないが、「生きている」ことの倖せを謙虚に嚙みしめている作者が見えてきて、高齢者に勇気を与えている。

「胸を張って背筋がまっすぐ」のこのたびのこの稿のコンセプトで、印象的な場面がよみがえってくる。

場所は「北千住」だった。改札を出るとビル屋上の広場となる。その広場の一隅で初老の男の人が右手で本を売るためにたかだかと挙げている。その本は、パンフレットのような作りで、要するに意味がありそうな雑誌だった。

おそらく、その本を買ってもらいたいとの意味で高くかかげていると感じた。

全く無言、ただその本をかかげているだけの姿にどこか惹かれたのは、その男の決して卑屈ではない、むしろ堂々と本を売っている姿勢であった。

その男が、もし筆者であったら到底あのように凜と立ってはいられないと思った。無理にでも男と同じ姿で売れ、と言われたら私は山頭火の、

分け入つても分け入つても青い山

を口中に唱えつづけて無心になって売るしかあるまいと思っている。

第十五回　俳諧は

「俳句界」平成二十四年九月号の「文字のないエッセイ」という記事がある。タイトルと写真だけの六頁の記事である。毎回カメラマンが違うようで九月号は橋本照嵩氏であった。タイトルは「宮城県石巻から」でサブタイトルは「一年六ヶ月を経て」とされている。

「文字のないエッセイ」、この言葉通りに文字は全く付されていない。六枚の人物写真が誌面いっぱいに読者に向かっている。

みんな明るい笑顔で被災地石巻の暗さは見られない。この写真の明るさはカメラマン橋本照嵩氏の明るい人柄の反映であるといえる。氏の写真にはいつも体温が感じられる。そこには普通の人間が居て笑顔をたたえている。橋本照嵩氏は石巻生まれということをこの記事で知った。それゆえの思いの熱さがいよいよ写真のすみずみにまでこめられている。

この記事を「俳句の側」「高齢者の側」から考えると通じ合うことを知る。

まず「文字のないエッセイ」のコンセプト、ここから俳句の求めている「省略」を想う。誌面に在るのは、石巻の人達のめげない希望の写真、そこには活字がない。読者は、ただ想像をふくらませて写真の意味を理解しようとする。これが名句といわれる作品を鑑賞する時の気息に通じている。

もうひとつ高齢者の側から六頁のグラビアを見る。まず目にとびこむのは津波被害を受けた建物を背景にした結婚式さなかの新郎新婦の立ち姿である。高齢者は、こうした写真を見ることによって何十年も前の自分達を想う。ポジティブな回想は血流をなめらかにする。そして五頁目の高齢者の会での何らかの手拍子を皆で打っている写真、被災地でのきびしい辛さはひとりひとりが持っている筈なのに皆笑って手拍子を打っている。

芸能人や歌手が、被災地を慰問に行って、こうした明るい笑顔に接すると、逆に元気を貰うということを聞くが、わかる気がする。東北の人達に脈々と受け継がれている「耐える心」、辛い悲しいことはあまり顔に出さずひたすら前へ進む。

橋本照嵩氏自身が石巻に生まれた郷土愛にもとづいたこのたびの「文字のないエッセイ」の写真は一頁ごとにむしろ高齢者に元気を与えるものだった。

地鳴り海鳴り春の黒浪猛り来る　　小原啄葉

氏の第九句集『黒い浪』（角川書店）に収められている一句。

氏は大正十年岩手県生まれ。九十一歳。九十一歳という齢は、今の平均年齢から言って格別に高齢であるとは思えないが、氏の現実を見つめる目のたしかさには心より敬服しなければならぬと思っている。

この句集の「あとがき」から氏のやわらかい心がつたわる。

それは「あとがき」の序章の「東日本大震は実に怖かった」の文章である。じつに飾り気のないありのままの気持が綴られている。まさに、あの日の恐ろしさは、こうした書き出ししかないと思われるほどの実感に満ちている。それだけ氏の表現力はやわらかいのだともいえる。

この『黒い浪』に接した時、私はすぐに井伏鱒二の『黒い雨』を思った。『黒い浪』の津波禍、『黒い雨』の放射能禍、それらのおぞましい悲しい気持が通底しており、出版した意義は非常に深いと考えられる。

まして、九十一歳の俳人がこの句集を上梓して世に問う、このエネルギーにひたすら感銘するばかりである。

だしぬけにひとりとなりし梅雨の家

冷蔵庫一日三度の一人口

民生委員来たりて言ふに

六月より差し入れ弁当食べますか

土用入二日続きの余り飯

朝焼やけふより家政婦来ることに

「帆檣」を発行している清水浩氏の俳句である。何の飾りもないありのままの俳句である。夫人を喪ったということはわかる。

氏は八十三歳、掲句に悠々放下の心情が見えているが、やはりどうしても残された男のさびしさが濃く出ている。高齢者はもうこのような自然体で詠む、そんなことも教えてくれるような俳句である。

これらの俳句と種田山頭火の、

けふは凩のはがき一枚

とはさびしさの奥行きの意味で同じに見える。この二句の共通項は「寂寥感」だが、同時に高齢者のいっそ無欲になった「解放感」もつたわる。この想いを、もっと時代相へと運ぶ時、筆者には昭和戦前の深刻な不況時代に生まれた『煉瓦女工』という映画が浮かぶ。

この映画の原作は野澤富美子。当時言われた「傾向映画」、つまりプロレタリア映画で上映したものの検閲によって上映禁止になって戦後上映されたのである。

『日本映画五十年史』（藤原書店）を調べたが、この本は一九四一年からの作品が述べられており、したがってこの映画はそれ以前の映画であるといえる。

『煉瓦女工』は題名のとおり労働者を題材にしているが、筆者は、この映画の二つのシーンが、強く目に残っている。

はじめのひとつは、労働者の若者と病気の娘のシーンである。夜の橋の上に二人は居た（逢うとはちがう雰囲気だった）。娘は粗末な着物を着て空咳をする。結核だった。

「あたい、福神漬のおつゆをかけたごはんが大好きなの、いつかおなかいっぱいおつゆをかけたごはんを食べたい」

娘は橋の上から夜の暗い川面を見つめながらつぶやく。時々かすれた咳をしながらである。

もうひとつのシーンは老いた労働者が夜も暗くなった仕事帰りに腹巻に手を当てながら「今日は勘定が出たのでコロッケだ。ああひさしぶりだ」。そうつぶやいて家で待っている家族を思いやる目をした。

『煉瓦女工』の、この二つのシーンが残っていて「あらすじ」は余り記憶にない。昭和初期の傾向映画の二つのシーンは、その時代の庶民のつつましい言葉として当時十五、六歳の筆者の心を打ったのだと考えられる。

さて、橋本照嵩のポートレートと小原啄葉の俳句と清水浩の俳句とプロレタリア映画のシーンと通底するものは何か、加えて書くならば、どう高齢者俳人と通い合うのか。

それは高齢者俳人が作句上で持っていたい「無垢」という想いに至る。

石巻の人達の笑顔、そこにはあの日の恐怖をひとまず忘れての笑顔がある。この笑顔の闊達さは背景の廃墟さえ忘れるものだった。小原啄葉俳句の「怖いものは怖い」を表現した俳句。清水浩句の私小説ともいえる俳句が述べる一種の明るさ、そして『煉瓦女工』の今思えば想像もできない貧しい庶民の生活のうしろにある労働歌のような言葉のかずかず、これらが動脈硬化を予感させる高齢者の心をなごませるのである。

山に金太郎野に金次郎予は昼寝　　三橋敏雄

三橋敏雄の辞世句といわれている。何とも抜けきったような無垢な述懐である。この俳句を成した時はすでに三橋敏雄の身体を病魔が蝕んでいたと聞くが、ここまで心をまっさらにして詠める三橋敏雄の「非凡」「大きさ」をつくづく思う。氏は八十一歳で彼岸へ旅立ったが、こう書く筆者も八十一歳、せめては前述したような「福神漬の汁」や「コロッケ」がようやく食べられるような貧しい時代にしたくない。

同じ三橋敏雄の、

六尺越中褌猿股父祖の国

俳諧は四季に雑さて年新た

のように気持が仁王立ちできるような俳句を高齢者は詠みたい。いわば居直るような俳句を詠んで行けば免疫力が向上するのではないかと思っている。

第十六回　間を考える

近ごろ仕事の合間に、もしくは想が尽きた時など、机の端に置いてあるテレビの画面に見入っている自分に気づく。

もともとテレビは好きな方だった。むしろ音を小さくしてテレビをつけていないとペンが進まぬ私であった。

とりわけ、お笑い番組に惹かれている。だから芸人の名前は、結社の人がおどろく程知っているし芸風も覚えている。

さまざまな芸人が登場して視聴者の笑いをとろうとしている。計算しつくされた芸を踏んでゆくのが彼等のセオリーであることはわかるが、そのセオリーを守ろうとして、目がすこしも笑っていず、したがって全身の筋肉がこわばって緊張感さえつたわってきて、笑う気には到底なりきれない。ついには彼等（ピン芸人でも）が痛々しくさえ思われてテレビを切ってしまうこともしばしばある。

笑いをとろうとしているのにとれない。これを俳句に置きかえてみたらどうだろうか。名句を詠もうとして肩に力を入れて机に向かう。一分二分経っても名句となる筈のカケラの言葉も浮かんでこない。この時の高齢者の心拍も血圧も決して好もしい状態の数値を示してはいない筈である。いくら好きな道での気持の高揚とは言っても身体の諸器官の数値は非情な値を示すだけである。

言葉をもどすが、いくらがんばっても視聴者がすこしも笑ってくれないのは「間」のとりかたが正しくないからだと思えてならない。

「間」、正しく酸素をとり入れないと人は笑おうとする感情が奪われるのではないかと思っている。心拍感の問題であろう。

「間」の正しいとり方は俳句にも共通する。せかせかと詠んだ俳句は単なる文字の羅列に終わってしまう。せかせかと完全を求めた俳句は決して名句とは成り得ない、と偉そうに書いている筆者が、まさに、せかせかと俳句を詠んでいるが、それもこれも持ち時間がなくなった高齢者の性と言えぬこともない。

さて、意識的に「間」がほどよく入って高齢者の諸器官の賦活をうながす俳句を楽しんでいきたい。

大年の蘆も数年見て知れり　　相生垣瓜人

この呼吸感はいいなあと思う。ここ何年か大年になると決まって見に行った干潟の蘆、その葉擦れの音、水面を走る風の音、さざなみ、高瀬舟の櫓の音などしっかりと耳目や心がとらえている。だから、今年の大晦日はもう蘆を見に行くことは休ませて貰おうか、そんな句意であろう。

直接的に笑いにつながる俳句ではないが、この呼吸感は、高齢者にしてみれば、ふと緊張がゆるむ、ほほえみが浮かぶ、といった一句といえる。

つまらなく夫婦の膝の柿二つ　　石川桂郎

「つまらなく」がすべてを語っていて小説的なおもしろさをかもし出している。剝くでもない食べるでもない柿自体も所在なげに二人の間に置かれている。

この表現だけで充分に原稿用紙数枚分のエッセイが書けそうである。「つまらなく」の措辞は、何か織田作之助の『夫婦善哉』を思わすような磁力のある表現といえる。「つまらなく」とは措辞していても底を流れるものは頼り合う夫婦の姿でありすこしの失敗などは癒し合う夫婦像を思わせている。

「つまらなく」と「夫婦の膝」との微妙な「間」、これがすぐれた短編小説のような、何とも言えぬ味わいをもたらす。

ほんの少し家賃下りぬ蜆汁　　渡辺水巴

上五が六音になっている。その六音の「間」が、何とも共感を誘う。この「間」によって昭和という時代の地道な借家生活者の吐息のような安堵感がつたわる。

この句の述べる通り毎月の家賃が下がったことで、さぞ朝餉の蜆汁がおいしく思われたのであろう。同じ渡辺水巴句に、

そこら少し片づきしけふ蓮活けぬ

がある。この句の「間合い」も何ともいい。

「そこら少し」の「そこら」とは、おそらく六畳四畳半三畳のささやかな昭和の借家の「そこら」であろう。その部屋をこざっぱりと片づけて、彼岸の花ともいえる蓮の花を愛用の花器に活ける。

すると、何でもない家の中が凛とした感じによみがえってきたのである。その思ってもみない家の中の様子を「そこら少し」という六音の上五が巧みにみちびいてゆく。「間」の効果であろう。

蓑火をかばふ埋立冬一色　　秋元不死男

蕭条とした風景。喫煙者が市民権を得ていた頃の俳句。目に浮かんでくる省略の効いた表現といえる。筆者の近くに京浜運河があって、いくら近代化された装置の運河であってもやはり海は海、まさに骨身に沁みる海風が四肢を襲う。でも昔は今よりもっと荒涼としていた埋立地で、煙草に火をつけようとしてもまるで点かない。推理ドラマの一場面のように外套をひろげて風を防いで銜え煙草に火を点ける。色彩で書くならば黒、灰、一瞬の赤の世界だろうか。「かばふ埋立」「冬一色」この分断したような表現が、ふっと小気味のよい「間」を表わしている。別して書けばモンタージュの世界に近くなっている。

秋元不死男は「俳句はモンタージュの側面を持っている」、そうした持論を持っている、と氏の評論などで覚えている。

鳥わたるこきこきこきと罐切れば

愛すとき水面を椿寝て流る

鳴りだす第五灼けしづまれる石の塀

踏切を一滴ぬらす金魚売

苗代や一粁先に艦浮ぶ

など秋元不死男の俳句には、モンタージュ手法をとり入れた俳句が多く見られる。

この点を更に追う意味での次の一文、

「――エイゼンシュテインはさらに、俳句、短歌と、日本独特の文学にも触れ、その素晴らしさを絶賛している。（中略）『信濃では月とほとけとおらが蕎麦』の句に信濃の山々が重なる冒頭。全編、一茶の名句と信濃の風物とが見事に溶け合い、生きとし生ける者の姿がくっきりと浮び上がる。（筆者註・昭和十六年制作の亀井文夫監督の映画『小林一茶』を言う）

芭蕉の数々の名句は、モンタージュの極致。その一つ『此の道や行く人なしに秋の暮』などは、日本の秋の表象として現代にも通じる」

この一節は『日本映画五十年史』（藤原書店）の中のコラムによるもので「河北春秋」平成元年九月九日付、「モンタージュの美」と題してある。

さて、こうした「間」「モンタージュ」で成された俳句は高齢者俳人には、どう作用されるのか。

「間」や「モンタージュ」は、的確に次の場に移ることを求められる。それによる俳句が求めている「省略」、これが高齢者の作句回路に機能される。すると自然に血流がなだらかに流れてくると考えられる。

血流がなだらかになって病気などへ抵抗力を強くさせるという点から筆者の個人的な記憶をゆり起こして書く。

吾笑はすは妻の役目や紅芙蓉　　大牧　広

平成十四年大腸癌手術のため入院した。その日の夜、ベッドの脇に居た妻が、マジックのようなことをした。もちろん見え見えのマジックだったが、どうしても筆者の心を明るくさせたい、そんな妻の心がうれしくて唇をほころばせた。それが逆に妻の心を明るくさせたと今思っている。

やや長き外套着ればダダになる　広
種物屋腎虚のやうなあるじ置き
猪鍋の攻撃的に煮えてくる

病んだ折の俳句を収めた句集『風の突堤』（角川書店）よりの三句、これからも病を得ても「笑い」の起きる俳句を詠もうと思っている。

第十七回　高齢者俳人の「必須」

筆者の住んでいる街に大企業がオーナーになっているオフィスビルがある。さまざまな企業が入っているビルということは昼食時になるとわかる。そのビルに郵便局があって仕事柄二日に一回は利用しており、それがちょうど昼食時にぶつかると、壮年の黒背広、白ワイシャツの人の中に埋まって、うろうろとする破目となる。

それでも郵便局の仕事が終わっての帰途レストラン街を通るたびに印象的な場面に会う。それはサラリーマン達の食事の光景である。そのビルにはイタリア料理店があって、それなりの価格で食事を提供している。高くも安くもない、という感じの店、と言えばよいのだろうか。昼食時となる。その料理店の卓はだいたい埋まる。それはそれでよいのだが私の視線がとまるのは、その料理店で食事をするのでなく、ビルの内部の広場のそこかしこの椅子や石段に坐って三、四百円ぐらいの弁当を食べている人達である。

オフィスの席で食べればいいと思うのだが気分転換などの意味もあって、わざわざベンチや石段の上で食べる。この行為が、すでに高齢の私には理解しがたいものに見える。

そうは言ってもそうした人達は淡々とむしろ楽しげに弁当を食べている。

イタリア料理店の、おそらく珈琲付きの千円近いランチの卓で食事をしている人を羨むでもなく、ごく普通の顔をして、つめたいコンクリートの上にハンカチなどを敷いて食べている人達を見ると、つくづく世代のちがいを思ってしまう。

ランチだけの時間に絞って考えてみても、お金のある人と、そうではない人と、昭和一桁世代は、この図式だけでも戦前戦後の階級意識を強くしてしまうが、今は他人は他人、自分は自分とむしろ無機的に割りきって生活をしているようだ。

こんな思いを曳いて、この俳句、

冬の夜や湯槽のすみに子を洗ふ　　太田鴻村

どことなく世間は世間、自分は自分、そんな空気が、この句に漂っていて、初学時代から心の隅にあった俳句であった。

今のように、どの家にも風呂がなかった時代、この湯槽は銭湯の湯槽であったろう。にぎやかな銭湯の中という「世間」に背を向けるようにして「隅で」子供を洗っている。それは父にとっては「倖せ」の場であり、こむずかしい疎外感を持っていることは考えられないひとときであった筈だ。同じように、レストランの中で珈琲付きのランチを食べられる人が居ようとも自分は自分と、広場で食事をしている人は明快に割りきっているのであろう。明快な割りきり、これが高齢者には必要だと思っている。何にでも割りきっていかないと高齢者は「鬱」にとりつかれてしまう。

そんな「鬱」を払うために、この句、

原稿用紙にきさらぎと書けば風音　池田澄子

まさに風を感じる一句である。

「きさらぎ」、冬が終わって二月、もう立春となる。何げなしに原稿用紙に書いた「きさらぎ」、その字を書いた途端心に風を感じたのである。

この瞬間の気息は、たとえば映画『ウエスト・サイド物語』の一シーンの躍動感に通じるものがある。この躍動感のすこしでも高齢者が吸収した時、すくなくとも五歳は若返るのではないかと思われる。

雪は神か棒一本を立て直す　宇多喜代子

こまごまとは述べていない分余白を感じさせる作品となっている。上五の簡潔な、それでいて共感を誘う措辞で、「棒一本」はどのような設定なのだろうか。何か神事を行うための「棒」なのか、言えることは思索的な一句ということである。

「思索」、この行為に入るだけでも高齢者の眼差しは深くなる。深い眼差しは身体の諸器官に休息を与える。たとえば、しんしんと降る雪の峡や里の景色を目にすると、世の中の面倒臭いことのひとつひとつが浄化されて解決してゆくそんな気持である。

この点を現実的に書くと、経済的に余裕のある人がレストランでランチをゆっくりと食べて居る反面、ビルの広場でハンカチで冷えを防いで五百円以下の弁当を食べる人も居る。

普通に考えれば、そこになにがしかの被差別意識に近い気持が生まれても不思議はないが、その点は全く感じられない。むしろ、そのように階級的に考えてしまうのは、古い、ださい、ととられてしまう昨今なのであろう。

それとも池田澄子句や宇多喜代子句が持っている透明な空気感、それを昨今の働く人は持っているのかもしれない。

このところ俳句にかかわる大冊の恵贈を頂いた。ひとつは、『春　川崎展宏全句集』（ふらんす堂）、もうひとつは『後藤比奈夫俳句集成』（沖積社）である。

川崎展宏氏は平成二十一年八十二歳で逝去されている。

白 椿 一 つ 言 葉 を 出 す ご と に

枯 鬼 灯 の 網 の 中 な る 言 葉 か な

見舞客立冬の影やはらかに
近くには塩船観音除夜の鐘
両の手を初日に翳しおしまひか
頑として男丸餅のお正月
ぽかあんと吐いて吸って淑気
薺打つ初めと終りの有難う

平成二十二年の「俳句」一月号に載った氏の生涯最後の句と思われる。ことに、

薺打つ初めと終りの有難う

は、殆ど絶句と思わせるほどの深い思いに満たされている。「初めと終りの有難う」、こうした措辞にははじめて出会った思いがする。いわば、自分の最終を意識しての措辞だが、何とも胸を打つ。

国文学者、権威のある賞を受けた俳人として筆者にははるか遠い高い俳人として位置づけていたが、この絶句に接して俄かに親近感を覚えた。

「何はともあれ自らの手で、ほぼ生涯の句業を纏められたこと、こんな仕合せはない。私をここまで導き、教え励まし、見守り支えて下さった、全ての方々に心から御礼を申し上げたい」

この文は『後藤比奈夫俳句集成』の帯文からの抽出である。心からの気持がにじみ出ていて共感を誘う。

後藤比奈夫氏の俳句は、何と言っても「艶」があることである。そして、単に「艶」があるばかりでなく、まっすぐに核心に触れてゆく俳精神の勁さを感じる。その核心に触れてゆく詠法もあたたかいのである。つまり「上」から詠むのではなく、肩を組むようなあたたかい気持で核心に触れてゆくのである。

この詠法は、高齢者が一句を成そうとする時、今生きている実感を確認するのにもっとも役立つ詠法と言える。

それを、膨大な佳什の中から挙げる。

拾はれてよりの仕合せ桜貝

身に余るもの曳く蟻を雇ひたし

西鶴忌人情変りすぎにけり

身代りといふものを売り露の店

秋風がこんなに心地よき日あり

遠泳の写真なつかしがりて老ゆ

蜩は絶唱法師蟬一偈

蚊も寄つてこないといふ木ふと不憫
会ひたしと思ふは故人春の果
年玉を妻に包まうかと思ふ
求愛の鶴の大きく美しく

何とも後藤比奈夫氏のやさしい温雅の世界が展開している。ことに、
秋風がこんなに心地よき日あり
の流れるような思い・感懐は後藤比奈夫唯一のものという気持さえする。
ゆっくりと世の中を見ていきたい。それが高齢者俳人の「必須」かもしれない。

第十八回　人生いろいろ

「歌」は語れ、「台詞」は歌え、そんな言葉が胸にある。シャンソンなどを聴くと、殆ど語っているように聞こえる。シャンソンに限らずすぐれた歌を聴いていても、殆ど語っているように聞こえる。

この点を俳句として考えてみるとどうか。たとえば高濱虚子の、

流れ行く大根の葉の早さかな

の流れてゆく大根の葉を「かな」の切字で俳句の約束上表現しているが、一句全体を味わうとやはり「流れる」「歌う」の流動感が端的につたわる。

流れてゆく大根の葉、当然山からのきれいな水が町の端に流れており、しんかんとした昼下りという時刻、山からの水は一途に町を流れてゆく。大根の葉は一瞬、緑の色を見せたもののすぐに視界から遠ざかってゆく。

高齢者はすべての動作や口調が遅くなっている。それだから「めりはり」が欲しい。めりはりがあるからこそ、スローペースの暮らしが成立する。

一句二句三句四句五句枯野の句　久保田万太郎

こんな句ができました、と傍の友人に書いて見せたという句である。

何という小気味のよい句であろうかと、つねづね思っている句である。枯野の持つイメージは「蕭条」とか「荒涼」とかのいかつい二字熟語で足りる。「さびしい」などの言葉はつきすぎている。

その辺から考えてのこの掲句は、まさに思ってもみない着想句といえる。このように詠むことによって、同じ枯野とはちがう、かすかにたしかに春の気配が感じられるのである。健やかな高齢者の心拍感さえ思わせる。

これらの俳句二句によって、精度の高い俳句とはいかに俳句を詠むかではなくて俳句を「歌わせるか」であると実感させられる。実際の歌曲でも証してみたいと思う。

まず「みだれ髪」という歌がある。作曲は船村徹、歌ったのは美空ひばりだった。ある時、テレビを通して作曲家の船村徹が歌ったことがあった。ギターひとつでまさに弾き語りだったが、この歌を殆ど語るようにして歌うのだった。

この時、「みだれ髪」の歌詞がひとつずつ胸に沁みこんできた。決して新しい歌詞ではないがそれゆえに共感を濃くしたのである。つまり聴く人の胸に語りかけてきたのである。女性が感ずるべき情感が、枯れてしまったおじいさんの私の胸に深く迫ったのだった。

すぐれた歌はせつせつと語りかけ、すぐれた文章や詩は歌いかけてくるように人の心を打つ。それをこの度改めて実感したのが、小沢昭一氏の訃報だった。八十三歳、筆者より二歳年上の氏の訃報は胸にこたえた。

小沢昭一氏とは縁があってご交際を頂いた。氏のかかわっている「東京やなぎ句会」にも幾度か出席している。某日、その句会で忘れられぬことがあった。

それは句会が終わって帰り支度の折、筆者はコートを着る時、いつもの無器用でもたもたしていたらしい。するとうしろからコートを掛け直してくれた人が居て、ふりかえるとそれは小沢昭一氏であった。氏とは、わかっていますよ、そんな笑顔で眼差しを交わしたのだった。

打ち水や平次が謎を解く時分　　小沢変哲
汗をふくとき人はみな好人物
虎造と寝るイヤホーン春の風邪
ロッパ観てホットケーキの日比谷かな
うなぎ屋の裏常連の猫二匹

「変哲」は小沢昭一の俳号。

こむずかしい俳句の約束ごとを脇に置くようにして自分が楽しめる俳句を詠んでいる、といった態である。

「銭形平次」「広沢虎造」「古川ロッパ」みんな懐かしい「昭和」をかがやかせた架空・実在の人達である。こうした人達を、それこそ「小沢昭一的こころ」で掤いてゆく。

そんな小沢昭一が、この世から居なくなってしまった。この現実が高齢者のこころをさびしくさせて免疫力を落す。

それでは、こんな俳句はどうか。

よく眠りよく食ふ毛虫よく太り　筑紫磐井

作者は昭和二十五年生まれ。若い人と高齢者の中間点に居て縦横の活躍をしている。氏の学殖は恐るべき豊かさがあり容易についていけない高みに居る。俳句に関する学術書の執筆そして上梓という活躍ぶりには、ただ吐息、という筆者の「ていたらく」である。

そんな氏が、こうした空間の多い句を詠む、というのは本に埋もれた書斎に居る人の反作用という気がする。酸素のすくない書斎から、すくすくと毛虫の育っている酸素の多い野原へと出て行く、そんな願いさえこの句からつたわる。

そして、この句をつくづくと読むと高齢者の筆者には熟睡感に似た気持の切り替えができることを感じる。高齢者は体力・気力が失せてゆくことと反比例して「一途感」はつのってゆく。

つまり「偏屈」「頑固」などというありがたくないレッテルを貼られてしまう。

花は葉になりかはる世を丼飯　　島田牙城

このあっけらかんがいい。季節が微妙に生まれ変わって目の前の丼飯はしかと在る。この丼飯は生きてゆくために必須なもの、世間では桜が散って葉桜になろうとも自分はこの丼飯を食べてゆかなければならない。

ここまで遮断的な気持ではないにしてもこの風雅ともアナーキーともつかぬ表現は非凡である。風雅、アナーキーは通い合うものがあり、その通い合うものは高齢者にはむしろ必要な空気感でもある。もうせかせかと四角四面に生きる必要はあまりない。それよりも良質の酸素、それがアナーキーな酸素であったにしても沢山とりこんで代謝を活発にさせたいと考える。

断面のやうな貌から梟鳴く　　津川絵理子

するどい把握に非凡な発見をないまぜにした一句。こうした俳句に接するとつくづく発見が大切だと思う。まさに梟のありようを息もつかせぬように詠んでいる。

この梟から森の奥深さ、ときどき鳥の声が聞こえ、時には怪鳥でもいるのではないかと思うようなそれらの一切合財がつたわってくる。

この句を四十歳代の俳人が詠んでいるのかと思うと、その倍以上も生きている筆者の心はいっそ諦めに変わってゆくようだ。

風雅、アナーキー、諦め、そしてポジティブ……、何やら暗号めいたことを書いたが、高齢者の俳世界の側面を書いた。

それぞれが納得する言葉だが、この言葉はじつは前述した「歌」つまり艶歌の歌詞と通じ合うものである。すこしの風雅、すこしのアナーキー、すこしの諦め、すこしのポジティブ、これを混ぜ合わせると艶歌の歌詞ができあがるようだ。

おくりびとは美男がよろし鳥雲に　　柿本多映

なるほどと納得する。映画『おくりびと』があったが、あのおくりびとは凜とした人だった。やさしく唇に紅をさしているシーンが眼に残っている。人生の最終章、せめて美しい顔で旅立ちたい。それも美男のおくりびとであって欲しいと。

話はちがうが筆者が十年前の手術の時、二日前ぐらいに病院の地下の浴室で看護師から命ぜられたとおりシャワーを浴びた。その時、少し離れた売店で低めではあったが島倉千代子の「人生いろいろ」が流れていた。

そのメロディに沿って私は歌詞をくちずさんでいた。明後日の手術のことが胸を占めていたが「人生いろいろ」の歌詞のアナーキー、諦め、そして再生を強く自分に言い聞かせていた「ポジティブ」、それがこの歌の歌詞にこめられていた、と今思っている。

第十九回　甘いかもしれない

高齢者は何を座標軸にして俳句を詠んでいけばよいのか。

いきなり裃を着たような青い問いかけになってしまったが、ふだん耳にする言葉であるので書いた。好きに自由に写生句ならば写生句を、人事句生活句ならばその分野で、自分の得意とする分野で詠み進めればよいのではないか、というニべもないような答えになってしまう。

七十歳八十歳になっている人に、こまごまと口添えしても無意味に近いし失礼にもなる。いくら結社の指導者であっても、そんな礼を失した口添えはできない。言い換えれば晩年に至っている俳人に、ああしなさい、こうしなさいといった「ないものねだり」はやはり無意味になる。

ただ十七文字の組立ての底には、自分なりの人生観や理念（のようなもの）をすこしでもにじませて一句にしたい、と最低限度の希望は書いておきたい。

一昨年の三月に千年に一度という大地震、大津波に襲われたことは百年千年と語り継がれていく筈である。その大地震大津波による原発の惨禍、日本列島全体が放射性物質に汚染されたという現実、この現実を発想の視野に入れて高齢者はむしろ読む人の心をやわらげるような俳句を詠みたい。

みちのくに青嵐立てり生きめやも　安西　篤
セシウムや涼風さへもうとましく　小原啄葉
覚悟なき死のおびただし核の冬　大井恒行
津波跡寒し傾げる家きしみ　加藤水万
町ひとつ津波に失せて白日傘　柏原眠雨
被曝福島米一粒林檎一顆を労わり　金子兜太
涅槃図のどこかに津波来てないか　白濱一羊
被曝の牛岬の鼻へ出てしまう　武田伸一
原発を指して顔なき案山子かな　仲　寒蟬
冬のあと春は来るのか東日本　鳴戸奈菜
山哭くといふ季語よあれ原発忌　長谷川　櫂
無常観鍛へ二〇一一年が去る　矢島渚男

高齢者ばかりではない働き盛りの俳人の句も並べた。

これらの句は「俳句年鑑」二〇一二年版からの抽出によるが、やはり高齢者があの大惨事にこだわって詠んでいる。壮年時の人より頭の切り替えは遅いが、「起きたこと」「在ったこと」に対して誠実にいつまでも俳句にしようとする姿勢は、高齢者俳人の「美徳」とさえ言えることである。

高齢者俳人の美徳は、このように起きてしまった自然の大惨事や約七十年前の太平洋戦争の事柄を述べていれば正しい、ということでもない。

こうした俳句ばかりに取りくんでいると心臓の鼓動が速くなり血圧も上がる。

とらふぐの鰭の先まで虎の柄　後藤比奈夫
翁とも幼顔とも初鏡　深見けん二
いつまでも花のうしろにある日かな　大峯あきら
切山椒あれば祖母恋ふ茶の間かな　星野　椿

何となく血管がひろがってゆくような酸素の多い俳句達である。

これらの俳句は八十歳代の人だから詠めると決めつけることはできない。むしろ八十歳代の俳人は、固陋に詠んだ方がラクに詠める。八十年九十年の人生を歩んできたのだから、その人生経験を盾としてむずかしい俳句を詠んだ方が結果として楽なのである。

高齢者はこうして「軟」か「固」かのどちらかに詠法が流れてゆくのだが、この分水嶺のような地点で、「軟」の平明、「固」の「頑迷」を詩で溶かしたような俳句を詠む人が永田耕衣であると思っている。

夢の世に葱を作りて寂しさよ　　永田耕衣

筆者が俳句の道に入ってすぐこの俳句に会い、何とも明るい虚無感、ひろびろとした寂寥感に圧された記憶がある。

こうした脈搏感を持って高齢者は作句に当ればすくなくとも脳内出血に遭わないで済むと考える。

永田耕衣の他の句、

月の出や印南野に苗餘るらし
朝顔や百たび訪はば母死なむ
少年や六十年後の春の如し
近海に鯛睦み居る涅槃像
水洟の水色膝に落つ故郷
しみじみと牛肉は在り寒すずめ

言葉が飛んできて永田耕衣という詩の木に定住するという感じである。

永田耕衣という詩の木は、そのことを喜ぶでもなく、ごく普通に視線を遠くして立っているという態で、まさに東洋的俳人として筆者の胸中にある。

「そうはいっても、俳句はわずか十七文字基準の定型（七五調の最短定型詩形）である。長い叙述も、屈折した論証も不可能なことはいうまでもない。『もののいえない形式』という人もいるほどの短く息ぐるしい詩形なのだ」

と金子兜太は『私の俳句入門』（有斐閣）で述べている。

考えてみれば、「もののいえない形式」であるからこそ、心の中は多弁になる。高齢者は八十年ほどの人生経験があって、あれも述べたい、これも一句にしたいという気持が山ほどある。そんな発表欲、衝動とたたかう一種の楽しさを持っている。

ものが言えない俳句、沢山のことが言いたい俳句、相反している俳句という詩芸に、高齢者はどのように対応していけばよいのか、高齢者の一人としてそのことを思う時、筆者がなぜか強く印象づけられた一シーンがある。

一月も半ば近くなって世の中が正月気分からふだんの仕事にもどった頃である。筆者の住んでいる街区の道路にガスか水道かの工事がはじまっていた。
五、六人の屈強な工事の男達が道路の三分の一を占めて働いていた。リーダーらしい人の野太い声が聞こえてその場に緊張感をもたらしていた。
そこへ三歳ぐらいの女の子の手をひいた親子が通りかかった。筆者も工事の誘導員の指示にしたがって三分の二ほどの道を通った。

その時、三歳ほどの女の子が、工事をしている人達へ向かって「明けましておめでとうございます」と声をかけたのである。

その幼児の声に一瞬の空白があって、すぐに大きな笑い声になった。

その女の子は、おとな達が一月早々何げなく交わしている挨拶を無心に口にしたのだが、すでに正月気分が抜けている工事現場の人達にはとてつもなくかわいらしく聞こえたのだろう。

何か険しい感じのその場の空気がなごんできたのを筆者は背で感じた。

咳の子のなぞなぞあそびきりもなや　　中村汀女
呼びに来てすぐもどる子よ夕蛙
春泥に振りかへる子が兄らしや
あはれ子の夜寒の床の引けば寄る
泣いてゆく向うに母や春の風

中村汀女の俳句はわかりやすすぎるゆえに思い上がった距離を筆者は置いていた。高齢者の鋼鉄のような心をなごませるには最善だと思うと同時に、そのやさしい心が原発禍も領土問題も解決してくれると思っているが、それは甘いかもしれない。

もうひとつ「甘い」のではなかったかと思わせることがあった。

それは「港」の同人句会で筆者は、

花咲きし頃や夜毎のB29

という句を出したが殆どはすでに「B29」が不明であることを知った。うすうすとかつて戦争の相手国であったアメリカの飛行機であることは知っているが、そのB29のもたらした大惨禍はわかっていなかった。

この点を現代史教育の云々と責めることより戦争の惨禍を体験した高齢者が「語り部」のような気持で発言していかなければならぬと痛感した。言わなくともわかるであろう、はやり甘いのではないかと思っている。

第二十回　鬼房と裕明と

佐藤鬼房のことが知りたくて、栗林浩氏の『続々俳人探訪』（文學の森）を再読した。なぜ、もっと知りたくなったか、それは鬼房が晩年さまざまな病を経ていながらもたしかな存在感を持って一生を閉じた、その生命力に接したかったからである。

鬼房は八十二歳で生涯を終えていて筆者は今八十二歳、何か暗示的な感じがして、一人でひそかにおどろいている。

鬼房氏とはもう二十年以上も前に「俳句」（角川書店）誌上の座談会で一緒になったことがある。

その座談会には、他にも有馬朗人、大串章氏などが出席して司会者は「俳句」編集長の秋山みのる氏であった。

円卓を囲んでの座談会で鬼房氏が私の右隣に座った。氏が隣に座ったことで印象的なことがあった。それは座談会がはじまると氏は使いこまれたノートをひろげた。そのノートに行くともなしに視線がゆく。その時、視野に収められたノートには、字がぎっしりと濃い鉛筆又はペンで書かれていた。それは、たとえば一生懸命に昔鉛筆を嘗めながらノートした中学生のような感じであった。

鬼房氏は、その時すでに東北の動かしがたい表現者として存在感を放っていた。その氏が中学生が持つようなノートに目を落して発言する、その真摯な姿勢に感銘したのである。

加えて書けば、座談会途中で注射をしたことである。それは加療のひとつとしての注射であることはわかるのだが、昔の中学生が使うようなノート、座談中の注射などから鬼房氏の闘っているような姿勢が筆者の目に強く残っている。同時に、無器用、武骨な人であることを直感して急速に親近感が強まったことを覚えている。

栗林浩氏の佐藤鬼房論で興味のある論法があった。それは「色づけられた鬼房論への軽い疑問」という章題で、新興俳句作家であったか、社会性俳句作家であったか、風土作家であったか、など十の「軽い疑問」を呈している。

まさに筆者が佐藤鬼房はどのような俳人であったか折に触れて考えていたので著者の解明はひとつひとつうなずけるものがあった。

で、その十の疑問点の中で筆者がことに共感をしたのは、抒情派であったか、の疑問点である。

栗林浩氏はその点をこう書いている。

「むしろ、私はそう思う。ごつごつしたリズムを以て、底辺の人間個体＝弱者を詠む彼の句に通底しているものは、ヒューマニズム、ロマンチズムであり、抒情性である。陰翳を孕んだ措辞が多く、甘美で晴れやかな抒情はない。自分の感情を素直に正直に詠って、しみじみした味わいのある句をなした」

そして次の七句を挙げている。

子の寝顔這ふ蛍火よ食へざる詩
女児の手に海の小石も睡りたる
綾取の橋が崩れる雪催
いづこへか辛夷の谷の朝鳥よ
鳥影の飛べば悲のいろ枯山河
秋深き隣に旅の赤子泣く
絲電話ほどの小さな春を待つ

文意に沿った、まさに抒情的な俳句ばかりである。自分の加齢や来しかたを踏まえて滾る思いを抑えるようにして詠んでいる。筆者としては、佐藤鬼房という俳人は、つねにやさしい心を持ってメッセージを底に秘めて彫るようにして詠み進む人間派俳人として納得させせられたのである。

『続々俳人探訪』からは、もうひとつうれしい収穫があった。

それは田中裕明という俳人が、よくわかったということである。それまでは、はっきり書くと、すぐれた俳句を詠んだ人、社会的にもエリートであるらしいこと、もっと歪に考えて夭逝したからこそ、その才能が惜しまれている俳人、そんな明るくないイメージをこの俳人に持っていた。

そんな思いで栗林浩氏が抽出して鑑賞している田中裕明の俳句を読んだ。

大学も葵祭のきのふけふ
雪舟は多くのこらず秋螢
京へつくまでに暮れけりあやめぐさ
水遊びする子に先生から手紙
小鳥來るここに静かな場所がある
空へゆく階段のなし稲の花
みづうみのみなとのなつのみじかけれ

こうして抽出してみるとたしかに師であった波多野爽波の「風合い」といったものがつたわる。爽波俳句にあった無意味の意味、一秒たりとも見逃さない「詩」へのアプローチ、計算されつくされた「かろやかさ」、それらが波多野爽波俳句の筆者の勝手なイメージだったが、裕明句は、そうした爽波句の「風合い」を、もうすこし知的に処理をして、言葉の空間にすずしい風を吹きとおすような感性がつたわる、と言えばよいだろうか。

「裕明の句はまっすぐにこころに入ってくる。一読して分かる句が多い。しかし、平凡ではない。平明な言葉を選びながら、その取り合わせの妙から非凡さが際立つのである」

著者の栗林浩氏の一文だが、裕明句について言い尽くされた感がある。

これらの裕明句は、高齢者の立場から鑑賞してみても納得できる点が多い。無意味から意味への言葉の運びかた、しずかな言葉の使用によるひろびろとした空気感、これらが高齢者の心拍感をなだらかにする。

ことに、

みづうみのみなとのなつのみじかけれ

は心から高齢者の身心をなごませてくれる。それは彼岸・此岸のどちらでもない幽明境に似た「さびしさ」さえつたわるからである。

「さびしさ」、これは高齢者がひとしく持つ感情である。余命が何となく読めてしまう空虚感が「さびしさ」の主流をなすものだが、裕明句のように凛然とした詠法を意識的に詠んでおれば、血流が正しく流れて長命の基になるような気がする。

こうして高齢者の筆者が、田中裕明の透明感に満ちた文を綴っていての小憩の時、「赤旗」

日曜版の記事が目に入った。

それは「多喜二の歩んだ道」という大きな見出しで「没後80年最後の3年間をたどる」というサブタイトルが付いていた。

小林多喜二、改めて書くまでもなく俳句でも「多喜二忌」という季語があり詠まれている。なぜ、この人物に触れるか、それは齢を積んだ筆者の思考回路（思考水路と言ってもよい）を、あるエネルギーをもってやわらかくしたいからに他ならず、その意味で「自由新報」にも目をとおす時もある。

筆者にこんな俳句がある。

多喜二忌のがつんと貨車の結ばれし

改めてこの句を見直すと、「連帯」という言葉をイメージ化したような観念的な感じがあるが、その言葉に起因しての表現かもしれない。

この俳句がユニークであると見知らぬ人から感想文が送られて来たりした。あえて、このようなことを書くのも高齢者の思考を、ほぐす、または試すことが必要であるからと思っている。

筆者はこの稿で佐藤鬼房のいわば極北の抒情性、田中裕明の透明な詩への態度を書いた。やはりペンを進めていながらもどうしても現実に目が行ってしまう。

で、その現実は今の社会は、何か荒涼とした気分に侵されているような気がする。もっと現実を見つめた俳句を詠むべきではないのだろうか。こう思うこと自体が老人にありがちな動脈硬化の兆しではないのか、などと思案は尽きない。

ゆえに、

もしかして俺は善知鳥のなれのはて　佐藤鬼房

ふらんすはあまりにとほしかたつむり　田中裕明

の心境が最善であろうと思っている。

第二十一回「鶴」と「岳」そして「平成名句大鑑」

極月や酸素吸入3のまま　　星野麥丘人
クリスマス寒波の噂病室に
去年今年むかし少年倶楽部あり

この三句は「鶴」平成二十五年三月号、主宰・星野麥丘人巻頭十二句中の三句である。

一句目二句目から作者は病臥療養中であることがわかる。酸素が放せぬ暮らしは、「鶴」の「編集後記」をつぶさに読むとわかる。わかると同時に病臥入院中であるにもかかわらず一頁ほどのエッセイを綴っていることに感銘した。

病臥入院という境遇になると、妙な甘えごころが出て、世の中の「しがらみ」から解放された、という気持になって、書く気力が失せてしまう。それが、むしろ普通だと考えられるが、麥丘人氏は文章を楽しむように書いている。

けれども文章の表面上はそう思っていても行間にひそむ思いから深い吐息のような気持がつたわる。
「打坐即刻」は、麥丘人氏の師・石田波郷が唱えてやまなかった言葉である。打てばひびく瞬間の詩、そこに情緒も感傷もない張りつめた詩への姿勢と言えばよいのだろうか。

今 生 は 病 む 生 な り き 鳥 頭　石田波郷

麥丘人氏は、この句がしずかに深く胸を占めていることを感じているにちがいない。
その麥丘人氏の心情を下敷にしての「鶴」の作品を挙げる。

むささびの鳴く夜は妻も眠られず　亀井雉子男
鰥ちりにぬくもる父の忌なりけり　小林篤子
先 生 の 机 そ の ま ま 古 暦　鈴木しげを
美しく老いんと紅葉散る中に　江口千樹
むかし特攻いま杖ついて吹雪中　藤井青咲
柿干して波郷忌近くなりにけり　西村さち

「鶴」の空気感をたたえた作品を挙げた。それでは「鶴」の空気感とはどのようなものだろうか。

「打坐即刻」を基底として、

吹きおこる秋風鶴をあゆましむ　　石田波郷

のような凛とした姿勢の中に秘めている「自愛」「庶民性」そして「格調」、それらが「鶴」の空気感と思われる。

もう五十年近く前に、石田波郷に逢いたくて当時は神田にあった「如水会館」へ赴いたことがある。石田波郷はやはり体調に恙があって逢えなかったが石川桂郎が和室の句会場にけだるそうに足を伸ばして座っていた姿が目に残っている。

人間をからかひたくて枯木山　　宮坂静生

さつきから父祖が負ぶさる冬木径

雪掻きし手のげたげたと笑ひけり

「岳」平成二十五年三月号からの俳句である。

つねに「地貌」を視点とする作者。これらの掲句はやわらかくなつかしさがある。この読後感を裏付けするように「岳俳句推薦」で作者は冒頭にこう書いている。

「四月号『岳』は年来の地貌への視点を柱に、もっとやさしく、わが産土（故郷）特集を目玉とする」

この文章で、掲句三句がより読む人へ近づいてゆく気息を感じた。

能面の深き嘆きや底冷えす　小林貴子
大年の墓に珈琲わかち飲む　国見敏子
唐招提寺冬の紅葉の深きへと　唐澤南海子
乾布摩擦や大寒の日が昇る　堤　保徳
開戦日吊輪をつかむ両手あり　鳥海むねき
寒潮に蔑されてをり岬人　眞榮城いさを

六作品を転記して感じ入ったことは、高齢者の世界観に沿っているということである。深い井戸から水を汲みだすように「思いやり」に似た心情がこめられている。この心情が「地貌」を見据える俳精神イコール高齢者の俳精神と通い合うのかもしれない。

こうして書き進んでみて気がつくことは「鶴」の人間諷詠句、「岳」の地貌視点句、これらの至るところは人間へのいとおしみであり、土があって人間が居て、その人間はやがて土に還る、そうした思いが「鶴」「岳」に濃く表われていることが改めて強く言える。

「星野サン、ハイクつくるの、と言った看護師がいました。インターネットでぼくのことを調べたらしいのですね。これには驚きました。しかし、そんな看護師でもぼくの心情までは読み取れない筈です。

元日の富士を見よとて車椅子

でも、気を遣ってくれる看護師もいて、ぼくはとても感謝しています」

「鶴」の麥丘人氏の「小椿居雑記」の一節。

「産土をかえりみることも原点、起源さがしである。が、これは決して懐古ばかりではない。新たに歩み出す出発点を明らかにすることだ。立ちあがるための発条をつけることである」

「岳」の宮坂静生氏の「岳俳句推薦」の一節である。

共に結社主宰者の心のありどころがつたわってきて、つねに学んでいきたい二誌である。

「俳句界」通巻二〇〇号記念として「平成名句大鑑」が、平成二十五年三月号の別冊付録という形で出版された。五百名の俳人が動員されて一人十句、略歴と作句信条が掲載されている。

あえて、高齢者俳人の作品を挙げる。

地鳴り海鳴り春の黒浪猛り来る　小原啄葉

被曝の人や牛や夏野をただ歩く　金子兜太

花に一会花に一会と老いけらし　後藤比奈夫

被爆地や鳩と落葉と乳母車　野見山ひふみ
海に日の沈みてよりの夏料理　深見けん二
朧濃き巴山の夜雨に泊つるかな　松崎鉄之介
手を打ちてこの世がひびく寒の入　松本　旭
兵詠むは語り部めきし去年今年　松本夜詩夫
冷房や騙されてゐるかも知れず　松山足羽
石の如凍てても命ありにけり　村越化石
日向水海女らは桶を間違へず　森田　峠
天上の師へ咲きのぼれ凌霄花　吉田未灰
戦争をせぬ国なれば平泳ぎ　和田悟朗

八十歳代後半から九十歳代までの俳句達である。齢の疲れを感じさせないのは、八十歳代後半をつき抜けた自負のようなものが思いを支配しているからかもしれない。ことに啄葉句、兜太句、悟朗句は、なよなよとした青年俳人の俳句よりも、よほど今日的な空気が漂っている。ひるがえって筆者八十歳代前半の人達はどうか。全く老いきれていない中途半端な老境と言えようか。

だから二年前の東日本大震災の惨禍をいつまでもこだわるわけでもなく、反対に風雅にひた

るでもない。せめて、

黒南風の海よ人間返しなさい　大牧　広

と詠んで自然の持つ冷酷な一面を衝く以外に微妙な高齢者の気持を晴らすことはできないかもしれない。

こうした文章を綴りながら、現在の俳人はどのような思いで俳句を詠んでいるのか無性と言ってよいほどに知りたくなった。で、「平成名句大鑑」から辿った。大冊ゆえのきつい作業だったが、やはり辿ってよかったと思っている。

「私を慈しんでくださった今は亡い人たちを失望させないように、と思います」（宇多喜代子）
「独創的な認識と瑞々しい情緒を両立させた句。それが私の求める俳句である」（白濱一羊）
「瞬発する言葉のエネルギーによって詩魔をとらえる」（高野ムツオ）
「俳句は『いのちのうた』。写生の目を磨き、『物』に只今現在の自己の心情を託す」（伊藤伊那男）
「平成名句大鑑」は俳句・言葉の鉱山に思ったのである。

第二十二回　また生き残ったな

世界的な名画『七人の侍』が封切りされたのは昭和二十九年。まだ敗戦の傷が癒しきれていない年であった。監督は黒澤明、あのいまだに耳に残っている音楽は早坂文雄だった。その年の「キネマ旬報」のベストテンでは木下恵介の『二十四の瞳』に一位を譲っているが、歴代のベストテンでは、ほぼ一位を占めている屈指の名画である。

これだけのスペースを使って『七人の侍』を今更宣伝する予定はない。筆者にとって、この映画のラストシーン近くに、主役の志村喬の台詞が深く耳に残って、その言葉が、まさに人生を詠もうとする高齢者俳人に適っていると思ったからである。

そのひとつは主役の勘兵衛（志村喬）が、野武士達との戦に勝ったにもかかわらず「今度もまた負けいくさだったな。いや、勝ったのはあの百姓たちだ」の言葉。

もうひとつは、勘兵衛と一緒にたたかった七郎次（加東大介）に「また生き残ったな」と語りかけたつぶやきのようなこの言葉が六十年経った今でも胸に残っている。

『七人の侍』の大筋は、凶暴な野武士の集団が、百姓達が営々と築いている山村・集落を襲おうとする。それを察知した百姓達が、さまざまな個性を持つ、いわば失業中の侍を雇って村を守ってもらおうとするストーリーである。七人の侍の側から四人、百姓も犠牲者が出たが野武士の側は全滅した。映画の表現の力学を最大限に使った世界的な名作となっている。

さて、ラストシーンで勘兵衛が言った「勝ったのはあの百姓達だ」「また生き残ったな」の言葉を作句の手がかりとどう結びつけるのか、ことに高齢者の立ち位置から考えてみる。

「勝ったのはあの百姓達だ」。この言葉は日本人ならではの謙譲の言葉だが、これは写生句を成す時のやさしい心広い気くばりの必要性と通じ合っている。写生句を成す時、正面切って真四角に詠むのではなく、なぜ、あの山の姿は美しいのかと考える。それは山腹辺りにやさしくかかっている雲、裾野に咲きそよいでいる花達であったり、凛として立っている一本の老樹であったりする集大成が、山を美しくさせるのである。山が美しいのではなく視野の端にたたずんでいる雲や花や木があってこそ、美しいと感じさせるのである。

もうひとつの「また生き残ったな」。

この言葉は高齢者の死生観を、するどく深く衝いている。

「いつ、どう死ねるか」。高齢者がつねに思っていても口には出さない言葉である。いずれ逝くのなら、これ、という時に逝きたい。高齢者は、この思いをそれこそ護符のように胸に秘めている。

『七人の侍』は野武士の襲撃に七人の侍の手を借りて百姓の側が勝つのだが、悪に勝った百姓という、いくらかイデオロギーの味わいはないではないが、やはり名画に接した感を深くさせるのである。

それもこれも主役勘兵衛のつぶやきが大きく作用している。どこか厭世的なつぶやき、しかも慈の味わいを混じえた「つぶやき」、これを俳句にした一人に永田耕衣が居る。

瓜苗やたたみてうすきかたみわけ
百姓に今夜も桃の花盛り
物として我を夕焼染めにけり
後ろにも髪脱け落つる山河かな
水涛の水色膝に落つ故郷

永田耕衣の壮年時の五句。

すでに人生を終わったという思いに占められている。人生観がこう詠ませたと括るのは簡単だがそれ以上に隠遁的な気質がこう詠ませていると考えられる。

ことに四句目、髪が抜け落ちるのは加齢のなせる症状、これを「後ろにも」と述べた点に得も言えぬ落莫感をみちびき出す。常識的な字句を越えた虚空感と言えばよいだろうか。

この虚空感は、むしろ高齢者俳人には持っていてもらいたい酸素とさえ言ってよいものである。こうしたひろびろとした虚無感は高齢者の心拍感をもひろびろとさせる。

火をつけてやりたきほどに枯れしもの
古もんぺ昔は国を愛しけり
虚子の去年今年われらの去年今年　後藤比奈夫

後藤比奈夫氏は九十六歳、普通この齢になれば自然観照の境地での詠法となるが、掲句は平明な表現の中にも動かしがたい炎のような詩魂があって読者を惹きつける。ことに一句目の、どこか変転願望の味わいに注目する。

忌を修し虚子に安住するなかれ
敬老の日や句敵はみな鬼籍
みづうみは黄泉の静けさほととぎす　小路紫峡

二句目がことに沁みる。実感充分であるからだ。俳人はそれぞれ口にこそしないが「句敵」を持っている。その句敵が気がつくと鬼籍の人になっている。心がしぼられるようなさびしさに襲われる高齢者俳人達であり現在進行形の心情と言ってもよい。

「また生き残ったな」。『七人の侍』の勘兵衛役の志村喬の、あの渋い太い声がいまだに耳に残っている。

それでは、「また生き残った」今の高齢者俳人は、何をどう詠み進めばよいのだろうか。その手がかりとして鷹羽狩行が「俳句」平成二十五年四月号に載せている五十句のうちの数句から考える。

忘恩も恩あればこそ鳥雲に
信州は山笑ふ国また訪はむ
一階へめがね洗ひに春の雷
花筵そのまま空へ飛ぶもよし
只中にゐて菜の花を見てをらず
読まず詠まぬ日のたまに欲し百千鳥
春眠の涅槃もかくやかと思ふ

鷹羽狩行は八十三歳、氏の業績やふだんの仕草から見てもすぐに信じがたい年齢、と考えてしまうがそれも氏の「栄」であろう。

その年齢の氏の五十句、決して個人的趣向に傾くことなく、水平的に、それでいて自分の色合をひっそりとたしかに五十句になじませていることに敬服さえ感じた。

一句目、「忘恩」という緊張の走る言葉をさりげなく、どんでん返し風に述べていて奥行きのある季語で結ぶ。二句目、県歌の「信濃の国」を思わせる酸素を感じさせる。「山笑ふ国」

の措辞はまさに非凡といえる。三句目、いいなあと思う。つめたい水で書き仕事に疲れた眼鏡を丁寧に洗ってよみがえらせてやる。四句目、花どきの高揚感をアラビアンナイトに託しての着想。五句目、感動のまん中に居ると感動を感じなくなる幸福な錯覚、六句目のまさに共感充分な一句、激職に居る作者ならではの「つぶやき」に似た措辞、それでも「百千鳥」がさりげなく身心をよみがえらせてくれる。七句目、彼岸と此岸とめでたく思うことのできる齢をしずかに述べている。

また死ねなくて現世に居て俳句を紡ぐのであれば、鷹羽狩行のこうした俳句を詠んで自己存在証明を示す以外ないように思われる。

さて「俳句界」平成二十五年四月号で「俳句の王国東北」を特集している。

外套の裏は緋なりき明治の雪　山口青邨
切株があり愚直の斧があり　佐藤鬼房
雄の馬のかぐろき股間わらび萌ゆ　成田千空
ランボーを五行とびこす恋猫や　寺山修司
みちのくの此処が胎盤結氷湖　高野ムツオ
やませ来る破船のあばらすり抜けて　藤木倶子
三・一一地震は五感を閉ぢにけり　新谷ひろし

風花の奥にはいつも童唄　菅原関也
永冬眠してゐましたと帰られよ　小原啄葉
もう声の届かぬ遠さ卒業子　白濱一羊
双子なら同じ死顔桃の花　照井　翠
柩より抜け出て来たる春の蝶　佐藤成之

東北人の魂というものがペンを通してつたわり改めて深い詩境へと誘われた。胸に刻みこまれる特集であった。

第二十三回　蕭々と朗々と

「俳句界」平成二十五年八月号は「戦争と敗戦体験」というテーマで特集をしている。

戦争体験者として、後藤比奈夫、和田悟朗、小原啄葉、伊丹三樹彦、花谷和子、野見山ひふみ、木田千女、松山足羽の八氏がこの特集に加わってそれぞれの記憶にもとづいて戦争体験の稿を寄せている。

筆者も空襲の中を一晩逃げまわった体験者の一人として身につまされる思いで読んだ。八十歳後半の方々の、のっぴきならぬ体験談を、まだいくらか若い人間が小賢しく書くことはできない。

まず、その時を生きた人のことをかえりみて成した一句を挙げる。

茎漬けて信濃路は冬ながきところ　　後藤比奈夫

特攻の水平線に五月来る　　和田悟朗

初夢や自決の弾をひとりづつ　小原啄葉
梅干しや興亜奉公日の辨当に　花谷和子
被爆碑の線刻は金夾竹桃　野見山ひふみ
諸粥にうつる目の玉終戦日　木田千女
着ぶくれて引揚船を待つばかり　松山足羽

今年九十六歳の後藤比奈夫氏をはじめ九十一歳の松山足羽氏までの八人の文章と、それを集約したそれぞれの一句に、ひたすら敬意を払わなくてはいけないと思っている。

このような思いを濃くする反面、戦争の理不尽や残酷さを知らない人達が政治や経済を握っている今の世に、何とはなしの危うさを抱くのは、すでに高齢ゆえの動脈硬化の症状がそう思わせるのか、おそらく後者の方であろう。

高齢者はそうした思いを動脈硬化云々と思われるのが厭で、また体力気力の萎えもてつだって「風雅」を求める姿勢に転じるのかもしれない。

「風雅を求める」、俳句を詠んでゆく身にとってそれはそれで正しいかもしれない。まして身心が衰えてゆく高齢者にとっては「適った」態度ともいえよう。

その上で、八人の戦争体験者の中の幾人かの文章の一部を抽出する。

「このように出陣した友人に鷲尾克巳君が居る。昭和二十年五月、彼は鹿児島の知覧から特攻として沖縄へ飛び立ったままだ。彼の写真は多くの特攻兵とともに、知覧の記念館に飾られている。特攻とは何であったか」（和田悟朗）

「無意味な戦争、愚かな戦争は今でも夢に出てくる。〝東洋平和のためならば、なんの命が惜しかろう〟、朝な夕なに熱唱した軍歌。あの頃を思い出すと限りなく虚しい」（小原啄葉）

「また毎年二月十八日を忠孝義勇日として、お昼のお弁当は全員ご飯と梅干一個。かえり見て私達の少女時代に青春と呼べるものがあったでしょうか」（花谷和子）

「飢餓地獄のこと、動員で征ったままの肉親を待つ家族。私はもっともっと語りたい。／諸粥にうつる目の玉終戦日　千女／当時は、ご馳走のうすい諸粥、私達はすすりすすり、空襲のない今を喜び、いただいた」（木田千女）

こうした心からの叫びのような声に接すると、いくら高齢者であるとしても心の無い「風雅」を詠むことは避けたいとさえ思われてくる。

思うと同時に心の無い「風雅」は決して風雅ではないとさえ考える。こう書くと高齢者は決して言葉上だけの「風雅」は詠んではいないと考えている。

むしろ働き盛りの人が言葉上だけの風雅な俳句を詠んでいるのではないか。そこへゆくと松の緑を配した能楽堂のイメージを思わせるような「風雅」の域を攻めるような架空の構築をする体力・気力はすでに失せている。

現実には殆ど見えていない「風雅」の恰好を追うよりも高齢者自身がかかえている家族の中での自分の位置、自分の体調の不都合といかに調和させてゆくかに心の重心が移っている。そんな心の澱を払いくぐり抜けて、本当のあるがままを詠む、こうした俳句姿勢こそ高齢者の血圧は安定するしＮＫ細胞も増えてくる。

たとえば次の俳句、

水脈蹴って夏雲といふ白さかな　原　和子（81歳）
自然死を待つごと木槿咲ききりし　雨宮抱星（85歳）
軍靴の音して　ひまわり畑加熱　星永文夫（79歳）
うぐひすの老いを啼くには見事なる　清水　浩（84歳）
桐一葉ばさり行く手を阻まるる　本田攝子（80歳）
茎立や復興一路被災の地　小林草山（80歳）

同じ「俳句界」八月号より昭和一桁世代の俳人の俳句である。

詠んでいる題材にしても決して機械的な風雅を選んでいない。八十年以上の人生経験から本当の風雅へと転化してゆくテーマを詠んでいる。この作句姿勢は決して固陋ではない。むしろ、すがすがしささえ感じるのである。

松崎鉄之介氏が主宰していた「濱」が八月号を以て閉刊となった。閉刊の二、三ヶ月前からそうした空気をたたえていた。たしか七月号に松崎鉄之介氏の閉刊にかかわる文が載っていた。その文は淡々としてそれでいて閉刊に至る理由が的確に具体的に書かれている。要は「濱」の会員減少で経済的に逼迫してきたことが主因のようであった。

そこまで書く氏の誠実と言ってよい人柄に「退く勇気」というものを感じた。これが高齢者でなく働き盛りの主宰であったら、もうすこし器用に意味ありげに退いているかもしれない。氏は、そうした小器用な形をとらずに、ありのままの形で閉刊の道をとったと思われる。

こんなにもっともらしい言いかたをしている筆者だが、もし、自分の場合であったらもっと人間臭い、どろどろとした動きとなるかもしれない。俳句を詠む、という舞台に乗った以上、まして高齢の筆者は、その舞台の上でもたもたした動きをするであろう。その意味で松崎鉄之介氏の動きは潔い。

「『俳句は生活の裡に満目季節をのぞみ、蕭々又朗々たる打坐即刻のうた也』という言葉は昭和21年3月『鶴』復刊にあたり、波郷が表紙に掲げたキャッチ・フレーズである。最近この言葉が心を打つ。蕭々又朗々たる句を作りたい」

『平成秀句選集』（角川学芸出版「別冊俳句」平19・6・30）

松崎鉄之介氏の俳句観である。

うれしい元気の出る記事を書く。

それは、八月二十三日付の「東京新聞」の「けさのことば」の欄の「ことば」である。書かれたのは歌人の岡井隆氏。僭越ながら核の部分を書かせて頂く。

「――大牧広は高齢者の俳句について『余計な力を抜く』『使命感を持ちたい』『心拍を正す遠いまなざし』などの提案をした人。八月は日本人にとって確かに六日、九日、十五日と『暗すぎる』記憶の月である」

このコラムは、筑紫磐井の『21世紀俳句時評』（東京四季出版）からの抜粋だが、筆者がこうした発言をするのは、本欄の「俳句・その地平」以外にはないと思っている。

歌壇の最高峰である岡井隆氏がこのように具体的に感想を綴っている事実を、心が折れかかった時、思い出そうと思っている。

第二十四回　正規・非正規

以前の「俳句・その地平」で書いたことがあるが、筆者の住まいの近くにあるオフィスビルの昼餉時の光景のことである。

大手の自動車メーカーの所有であるそのビルは、それぞれの会社のオフィスが、一階のステージが設けられた広場をかこむようにして並んでいて、大きなひとつの租界のような世界を形づくっている。

昼餉時、解放された社員達が各階から出てくる。レストランやコンビニの弁当を求めて白ワイシャツ・黒スーツの人達がさまざまな動線を、このビルの中で描くのである。

弁当を自分のオフィスの机に持ち帰る人、レストランでグループを作って食事をする人は、高齢者の筆者にとっては、ごく普通の光景に見える。

で、筆者を深く考えさせるのは、そのビルの（ドーム形になっている）柱の石段や適宜置かれている金属製のベンチに坐って食べている人達である。

それらの人達は、一人、または二人連れ、要するにグループ的な雰囲気は無く、コンビニか弁当屋かスーパーで求めたらしい弁当を食べている。

なかには端目でもわかるような家からつくってきたらしい「おにぎり」を、ひそやかに丁寧に食べている人も居る。要するに形の差こそあれ、オフィスマン、オフィスレディの昼餉時の世界となっているのである。

話は変わって、今の雇用情勢は「正規社員」「非正規社員」と大別されているらしい。「正規社員」は文字通り一応安定したシステムの中で働けるらしいが「非正規社員」は決して安定していない、そう考えてよいのだろうか。

ふたたび唐突に話がもどるが、ベンチや柱の台石などで弁当を食べている人は「非正規」の人なのだろうか、正規社員なのか、会社という組織から離れ三十年近くも経つと、自分の経験からのいわば情緒的な判別しかできない。

そうしたことにこだわるのは、俳句にまでも「正規」「非正規」があるのではないかという思いがよぎるからである。この思いは唐突という言葉で一笑に付されるかもしれない。

そんな忸怩感を超えてペンを進めるが、「正規」の俳句は、アカデミックな写生信奉の俳句。「非正規」は、いわばアカデミックではない俳句、社会、人事、生活、アート、感覚など、つまり写生以外の俳句はこの範疇にこめられるといえようか。

写生俳句は、根底に動かしがたい牢固とした根があって何の疑義を持たない人達が写生俳句にいそしんでいる。又はいそしむことができる、ともいえる。つまりは「正規」の俳人と自認しているからである。

「非正規」に属する俳人は、つねに社会や生活に目を配っていて心は固定されていない。つねに、今を呼吸する俳句を詠まなければならぬからである。

その「非正規」を詠んだ俳句を挙げる。

非正規の汗被災地にしたたりて　衣川次郎
わが身いま非正規社員鳴子引く　小山いたる
メーデーの声を遠くに非正規は　中島修之輔

この三句を読んだ限りでは、やはり「非正規」という、どこか差別された思いが作品の底に流れている。流れていながらも生産的な感じがする。この拮抗した思いは、高齢者の俳精神と通じ合うものがある。

自分は高齢のために世の中の荷物になっているのではないか、ふとよぎるこうした自責の思い、それでいて、すこしでもこの世で生産的な仕事をしたい、そんな思いも「燠」のように高齢者は胸中に持っている。

対して「正規社員」として遇せられている人はこうした気持が起きてもさしたる障害ではない。致命的な事故さえ起こさなければよいのであって、この辺りを俳句のフィールドで考えれば、写生派俳人の「春は桜、秋は月」、この約束を踏んでいればよいのであろう。何しろ正規社員を擁する大会社は倒産がすくないからである。

そして高齢者はできるならむしろ「非正規」のフィールドに立って作句をしたいと考える。世の中の常識的な約束ごとを高齢者は皮膚感覚でわかっている。今さら体制順応の作品にしがみつくより、酸素の多い自由なフィールドで誰にも縛られない作品を詠みたい。

そんな思いを抱いている時に、柿本多映氏の『仮生』(現代俳句協会)が上梓された。『仮生』は柿本多映氏の、たしか六冊目の句集である。氏は八十五歳。

「忌明をまえに、いま改めて句稿を読み返していると、明らかに夫が書かせたとしか思えない彼の死を予兆するかのような作品に出会い愕然としている。皮肉にも彼は自身の死によって私の作品の中に入り込んで来たのだった」

『仮生』での著者の「あとがき」の一節である。亡き夫が入り込んできたと思われる作品を抽く。ちなみに全く手前勝手な掲出である。

人の世へ君は尾鰭をひるがへし

転生の力瘤かな蟇

夏の夜は生者に鈴をもたせやろ

起きよ影かの広島の石段の

蹬音がする夕焼の奥処から
骨として我あり雁の渡るなり
無明から無命へ芒原晴れる
八月の馬来て我を促しぬ
もう人に戻らぬ石と芒かな
この世から水かげろふに加はりぬ

著者の心の軸をさぐるようにして『仮生』から挙げたが著者の本意とは全くちがうかもしれない。それはそれとして勝手に著者の心に入らせて頂いて数句を鑑賞させて頂く。

骨として我あり雁の渡るなり

「骨」という無常観、その無常観の上に成り立つ「我」がとりあえずあって、大空を雁が渡っている。

しんかんとしたさびしさがあり掲句「我」は、つまり亡き夫の思いかもしれない。空白感に満ちた表現が、そのように思わせるのであり「雁」は人間の化身として身を噛むような落莫感に満ちている。

もう人に戻らぬ石と芒かな

「石と芒」、硬いものとやわらかいもの、この二つがもと人だったという設定はすでに詩の世界では常識となっている。

何の表情もメッセージも持っていない石と芒、それがかつて人間だったという設定、「もう」に多くの思いがある。慟哭感さえある。

このような俳句が『仮生』の「あとがき」の一節に通じると考えられる。加えて思うことは『仮生』に収められている俳句は、とりあえず現在・将来を保証されている「正規」の俳句ではないということである。明日や将来に亘って不安感を曳いている「非正規」の俳句であるとの思いは強い。それゆえに不安感が詩性と純一となって正しく読者の共感を呼ぶのであろう。

さて、筆者の住んでいるマンションに広場らしいものがあってベンチが六つほどある。昼餉時そのベンチでサラリーマンが昼食をとっている姿をよく見る。

背を曲げて黙々と箸を使っている。もっと堂々と食べればよいのにと思っているその人の隣に置かれたスマートフォン。高齢者の筆者は、あの人はきっと非正規社員にちがいないと思った。その時、非正規の形態の方が自由、がんばりましょうと勝手に感傷的になっている自分を発見する。

生涯に障害あまた榠樝の実　　和田悟朗

「俳句界」平成二十五年九月号の「特別作品二十一句」中の一句。

障害があるのが一生。でき上がった「正規社員」よりも可能性が残されている「非正規社員」の方が青空を自由に仰ぐことができる。それを高齢者の側から強く告げておきたい。

第二十五回　あの日から七十年

「老人力」という言葉があった。「あった」と言うべきか、「ある」と言うべきか。現在何となく使われなくなったのは、「老人力」という意味自体が高齢化社会という世の現象に溶解されてしまったのではないかと考えられる。

そのように考えられるのだが最近「老人力」という語を実感したことがあった。

それは八十一歳の星野昌彦の第十四句集『花神の時』（春夏秋冬叢書）が第六十八回現代俳句協会賞に選ばれたことである。

昨今の俳句賞を見ても八十歳代の受賞者はすくない。これ以上の賞はないという「トップ」の賞のみが受賞対象となっているからである。つまり八十歳代の「受賞」の入口は極端に狭くなっているのだ。

そんなこんなでの八十一歳の星野昌彦の「現代俳句協会賞」受賞は八十路俳人に元気を与えるものだった。

九月下旬に「港」の勉強会として「気仙沼」を訪ねた。あの大震災から二年六ヶ月経っていての気仙沼は、ひたすら雑草のみが茫々としているという印象だった。
大津波が押し上げたという「第十八共徳丸」という大きな船が陸深く乗せられていて、九月の大西日がしろじろとその巨体を照らしていた。本来海に居る筈の船が陸に居る。何か世紀末的な異様な景色に無口になってしまっていた。

はるばると来てくれし友実玫瑰　伊藤俊二
秋興の今宵の席へありがとう　小関桂子
目に見えぬ復興とんぼ悠々と　新藤綾子
今もなほ沖見るばかり秋の浜　菅井恵子
はまなすの実の熟れしまま被災歌碑　千葉かん二
朝風に遺構の使命実玫瑰　飯村紀子

これらは気仙沼の地で迎えてくれた人達の俳句の一部。
訪ねてくれた俳句仲間への感謝と、その上で、我々はこれからどう生きてよいのか、こうした自問の気持がつたわる。

雁渡る仮設住宅いつまでぞ　大西昭舟

海に罪なくて被災地月見草　渡辺照子
解く船を見る顔のみな秋思　安田直子
流星や来世信ずる海の人　高木勝代
共徳丸孤独をさらす秋の道　劔物劔二
津波来し湾一望す夏帽子　折原あきの
穂芒のしろじろとして津波の地　山田まり
かつて人住みし地なりし晩夏の地　小泉瀬衣子

その地を訪れた旅人の眼で詠んでいる。訪れた人、迎えた人のそれぞれの俳句も季節は秋ということで、寂びた表現になっている。用いている季語も措辞も作者の「影」を感じる深い思いを描き出している。

俊二句の「はるばると」、桂子句の「ありがとう」、綾子句の「目に見えぬ」、恵子句の「沖見るばかり」、かん二句の「はまなすの」、紀子句の「遺構の使命」などさりげない措辞であっても自分の「齢」を踏まえた深い余韻をみちびき出している。

被災地に足を踏まえて、生きてゆく、といった意志さえつたわる。「生きてゆく意志」、それは高齢者には、ともすると手から滑り落ちるように欠けてゆく。苦しいけれども、しっかりとその意志を抱いてゆきたい。

さて、しっかりと抱いてゆくには作句上の表現を適確に表わす必要がある。

高齢者は、そうした抱いている意志をどう表現すれば「適確」の「域」に入るのか。ここに、ひらのこぼ著の『名句集100冊から学ぶ俳句発想法』（草思社）という本がある。

この本の中で橋閒石の『和栲』（湯川書房）について触れている。この句集について著者は「鑑賞にあたってもあれこれ意味づけしたりせず、そこに漂う気分を味わえばいいのだと思います。自在の俳味です」。

この導入文があって、橋閒石の、

裏側をゆくとき遅し走馬灯

が鑑賞されている。その鑑賞文を引く。

「代表句となった〈階段が無くて海鼠の日暮かな〉も同じ。解釈はいろいろ分かれそうですが達観したような生の淋しさを感じさせます。〈春の猫抱いて川幅ながめをり〉〈音立てて時ながれゆく酢蓮根〉〈幹という幹の隙間は冬の沼〉、どこか吹っ切れたような清々しさがあります」

ひらのこぼ氏の文章はやわらかくて示唆に満ちた鑑賞文だと思っている。

筆者はこの、

裏側をゆくとき遅し走馬灯

は「裏側」の持つマイナスのイメージを余生にひろげて解釈した。そうすると、余生のさみしさ、そして一抹のしたたかさがつたわって、のっぴきならない老後を感じてしまう。いずれにしても老後にふさわしい奥行きを感じさせる句である。

もう一句を本書から挙げる。

おのずから定員のあり花莚

宇多喜代子氏の『記憶』(角川学芸出版)の中の一句である。ひらのこぼ氏は、こう述べている。

「世の中の不文律。ものごとにはほどのよさというものがあります。〈泥水に泥手を洗ふ半夏生〉〈働いてくる日くる日の青嵐〉人の営みはこういうものだと恬淡と眺めます」

この『記憶』にかかわる章名は「泰然と眺める」というもので、まさに、宇多喜代子氏の人柄を表わしている。

すでに黄金の人生を終えた人、今黄金期の人の二句を、ひらのこぼの本書から引いたものだが、否応もなく来る晩年、この晩年は身体の恙や生活環境の変化などで、いよいよ具体的にさし迫ってくる。

こうした思いの毎日だが、筆者には、忘れ得ない過去のシーンが瞼に残っている。それは一九四三年十月二十一日。現在の国立競技場で開かれた学徒出陣の壮行会のシーンである。

冬を思わせる雨が競技場を濡らしていた。悲壮（と言ってよい）行進曲に合わせて、かぼそい文科系の大学生二万人が行進をするシーンである。学生の靴がグラウンドを踏むたびに雨の飛沫が学生の全身へはね返って濡らす。加えて時の首相東條英機のひきつったような甲高い演説、雨でも傘をさすことを許されない観覧席の六万五千人と言われた女子学生の姿。暗い破滅的な光景として眼に残っている。

毎年十月になるとこのシーンはテレビや新聞で報じられる。今年の「毎日新聞」の記事は、「マスコミも国民も自分も軍部に乗った」（十月二十一日付朝刊）という見出しだった。

炭 は ね し 朝 や 大 本 営 発 表　　大牧 広
鳥 総 松 戦 捷 の 世 も あ り に け り
麦 藁 帽 に 紐 つ い て ゐ し 山 河 か な

戦中へ思いを起こしての三句である。

一句目は、昭和十六年十二月八日の日の朝の少年の心にも躁の気分と鉛のような不安感をこめた。二句目は開戦一年目はそれなりの戦捷もあった。三句目は、あの秋雨に濡れて行進した学生達の眼裏には「平和だった」日の田園の一齣一齣がフラッシュバックしていたと思っての一句である。
俳句は風雅を求める文芸。ゆえに職から解かれた高齢者が多いことは明らかである。で、高齢者は、あの七十年前の破滅的な行事の再現を許すのか、詩人の良心にかけて一％でもよい、この風化した事実の再現を許さぬ俳句を、しなやかにしぶとく詠んでいかねばならぬと思っている。

某日、新橋駅で階段を手摺りを使って登ろうとしたが、すでに小学生の男の子が手摺りを使って登っていた。で、私は手摺りを時々触れてホームへと登った。すると私のうしろで、「だめじゃないの、おとしよりの人が来たら手摺りをゆずれと言っているでしょ」おとしよりの筆者は「もういいです、ありがとう」とつぶやいていた。

第二十六回　敏感でありたい

十二月八日の霜の屋根幾万　　加藤楸邨

この句の「十二月八日」もすこしずつ曖昧になってきている。もうおおかたの人は、この日の意味を理解していないと言った方がいいかもしれない。

昭和十六年十二月八日、日本が米英に宣戦布告をして破滅の道に入った日である。あの日筆者は十歳、さだかではないが国民学校（今の小学校）三年生だっただろうか。それがすでにはっきりしない。

あの日の朝、子供ながらも大変なことが起きたのだという思いが気分を高揚させていた。日本人ひとりひとりが躁の状態となっていたことだけは記憶している。

この日の衝撃をフラッシュバックして書くと、父はいつまでもラジオの前から離れず新聞を食い入るように読んではいたが、その眼は、おろおろとして泳いでいた。会社の下級社員だった父は、いわゆる夜勤明けで一睡もしていない筈だったが、新聞を握ったまま石のようになっていた。

もう七十二年前の忘れることのできないストップモーションの一齣である。だが、筆者は、七十二年前のその日の光景を再現して書きたいわけではない。

その日まで国民は知らされていなかった、という事実を書きたかったのである。では、なぜその日の事実を書いたか、それは、今粛々と進められている「特定秘密保護法案」審議に対する、実際の恐怖感を述べたかったからである。

筆者はこうした審議の逐一を見守る時間も能力もないが、本能的な恐怖感は、「やけど」のように心から離れていない。その恐怖感とは自由に知ること、書くことが大きく制約されてしまうことの恐怖である。

特に「知ること」が減殺されることは、七十二年前にいきなり開戦の報道を聞かなければならなかった恐怖と通い合うもので、この法律が世を縛ることがあってはならぬことを心から祈ると共に、筆者の属している「日本ペンクラブ」が、まっさきに反対したのは筆者のひとつの救いとなっているのだ。

で、掲句にもどる。

十二月八日の霜の屋根幾万

加藤楸邨の家は、大田区北千束、しずかでおもむきのある邸町である。この町は名門の小学校があって歳月を経た邸宅が、ゆかしい屋根瓦を見せてひっそりと生活を営んでいて、こうした町のたたずまいだけを加藤楸邨は報告したわけではなかった。

戦前のただならない空気の中で、何も知らされていない、何も発言することができない庶民が、軍部や政府に対して息を殺すようにして暮らしているさまを「霜の屋根幾万」と表現したのだと考える。

幾人をこの火鉢より送りけむ
生きてあれ冬の北斗の柄の下に

共に楸邨句。

一句目の「送りけむ」は召集令状（赤紙）が来て戦地へ送る今生の別れの句であろう。二句目は無駄な戦死をしないで欲しい、生きて帰ってきてくれ、こうした思いを下敷にした俳句と考える。

こうして別の角度から表現しないと、特高警察から目をつけられて小林多喜二のように獄死しなければならなかった時代であった。俳句を詠む時、特に高齢者俳人は、自分達のすこし前に、このような表現を採らない限り命さえ奪われる時代があったことを、今一度考えて俳句を大切に詠みたいと考える。

言い換えれば、高齢者は長い人生を体験しているからこそ、今の空気に敏感な俳句を詠んでいこうと思っている。

高齢者イコール好々爺イコール枯れた俳味ゆたかな俳句、という図式をすこし変えてつくっていきたいと考える。

わが句あり秋の素足に似て恥ずかし　池田澄子
スカートで過す一日の夏霞　宇多喜代子
被曝福島米一粒林檎一顆を労わり　金子兜太
鳥帰る堕ちゆく国を顧みず　小出治重
老を忘れ老を忘れず去年今年　後藤比奈夫
初蝶の美しすぎる進化論　瀬戸美代子
生と死と死と生と秋深みかも　高田風人子
鷲掴みして悲しめり波の花　松山足羽
セシウムや涼風さへもうとましく　小原啄葉
囀りに囀りの切り込んでくる　太田土男
料峭やまづ影を置き壺を置く　鷹羽狩行
日もすがら海に吼えられ開戦日　千田一路

にわとりを真っ白にして十一月　　塩野谷　仁

筆者の畏敬する範囲内の高齢の方々の作品を抽いた。

こうして掲げてみると、それぞれの方の人生観や俳句の理念がさりげなく勁く深く詠まれていて背筋が凛とする。

これらの俳句からは「聡明な敏感」というものを感じる。「聡明な敏感」、これはかつての中村草田男の主知を基にした時世を見る目と言えるものである。

たとえば、

玫瑰や今も沖には未来あり　　中村草田男

の希望、また、

軍隊の近づく音や秋風裡

の詩人の感性としての時代への不安感、そして、

炎熱や勝利の如き地の明るさ

の苦いとさえ思える勝利感、これらは時代に敏感でなければ詠めない純な精神を持つ人のメッ

セージとも思う。

池田澄子句からの十三句は、中村草田男が持つ「時代への敏感」と通い合うものがある。それは「被曝福島」を詠んでも「料峭」を詠んでも到達点は同じ「敏感な詩」の地点となるからである。

「敏感な詩」と書いたが、はね上がった抵抗の詩ではない。「抵抗の詩」などと書くと、一種の英雄主義の裏返しの詩に傾いてしまう。そうした生硬な詩はむしろ折れ易い。なぜ、そう書くか、それは筆者が句会の講評の折、戦前の「治安維持法」の言葉を出した時、句会全体が壁のように、むなしく言葉が返ってくるのを感じたからである。

句会が終わって同人の一人が、治安維持法自体知らない人ばかりのようです、とささやかれた。なるほどと思った。自分の老いたことを深く受けとめぬままに時間を経た言葉を口にした自分を恥じた。

つまりお爺さん、お婆さんの人でしか、そうした言葉はすでに死語となってしまったと考えてもよい世になっている。が、その死語、ゾンビに別種の意味を持たせて国民の言葉を封じようとする「法案」が許されていい筈はないと、昭和一桁の「じじい」の筆者はまた思ってしまう。

せめて年をとっても今の空気に敏感に自由な作を守っていきたい、そう思っている。

昭和十八年、筆者が国民学校四年生だったと記憶しているが、担任の教師に召集令状が届いた。

いよいよ入営と決まった日、筆者はこの先生から二冊の本を貰った。児童向けに書かれた『レ・ミゼラブル』と『フランダースの犬』の二冊だった。

貧しくて本好きなのに本が買えないという筆者の家庭を見抜いていた先生の思いだったか。その二冊は戦中に「読んではいけない」敵性の本だった。先生は周りを気づかうようにして私の頭を撫でて去った。

先生の戦死の報を二月の寒い朝礼の場で告げられた。家に帰って四畳半の部屋の隅で泣いた。母は心配してしばらく私を見守っていた。七十年前の腹の底から泣いた記憶が、今、時代に敏感になっていたい、という思いに変わっている。

第二十七回　誰か故郷を想わざる

はじめに、心に沁みる手紙を戴いたので、そのまま掲載させて頂く。

大牧広先生

今回のお話、秘密保護法案がすんなり通ってしまい、いきどおりを感じます。政治家が戦争体験をした世代でないということが大きな理由と思いました。

先達に学べ、と言いたくなります。私も私の親も体験していませんが、祖父が戦地に行った話を聞きました。

あの方向へまた行ってしまわないかという先生の懸念が強く伝わり共感しました。また子供時代のお話、学校の先生の戦死のお話、読んでいて辛かったです。この辛い思いが実際にあった事、紙の上の事ではないのだともっと知るべきだと思いました。

先生、ご執筆大変かと思いますが、どんどん書いて訴えて下さい。記憶を私たちの世代に伝えて下さい。

本をくれた、という先生の遺志を伝えて欲しいと思いました。本当にすてきな先生でしたね。これからも応援しております。

この手紙をくれた人は年齢的に考えて私の孫に当る齢かもしれない。こうした励ましはうれしいに決まっているが、若い人が知りたがっている過去、ことに戦争のことを積極的に語っていない高齢者の姿勢をみずから責めなければならないであろう。

まして俳句を詠む高齢者は、せめて、何が嘘で何が本当のことであったか、近現代史のありのままのことを体験者として詠んでゆきたい。

秋はさびしい、桜は華やかで楽しい。こうした最大公約数的な「風雅」は高齢者俳人はもう詠む必要は無いだろうと思っている。

それよりも七十年前、なぜこの国は、破滅の道を歩まねばならなかったかを、高齢者は自分史を誠実にたぐりよせるような姿勢で詠んでゆきたいと考えている。

そんな思いの中、「俳句界」平成二十五年十二月号で林十九楼氏の次の俳句に会った。

旗振つて送りし悔いも開戦日

戦前戦中派の人ならばすぐわかる句意だが「旗振つて」の「旗」は、召集令状（赤紙）がきて応召されてゆく人への励ましの「日の丸」の紙の小旗である。

あの日、出征を祝って近所の人が殆ど強制的に集められ、小旗を振って列を作り駅まで見送らねばならなかった。ならなかった、というのは隣組という組織がつくられて、それには防諜の意味も図られていた。すこしでも団体行動から外れることは許されなかった。行動を共にしないと「スパイ」というレッテルを貼られて警察や憲兵隊へ引っぱられる。いや、引っぱられたという「おとな」達の話がひそかにささやかれていた。

こうしたことを含めると掲句の「悔いも」がわかってくる。いわば「死地」へと旗を振って見送った「悔い」である。

林十九楼氏は九十四歳、まさに戦前戦中を生き抜かれた俳人である。この年齢による人生体験での「悔い」は重く深い。

このように戦中を生きた俳句を挙げる。

ヒロシマに残したままの十九の眼　相原左義長
仏桑花　平和って何もかも眩しい　伊丹三樹彦
春の雪むかし日の丸振りし駅　木田千女
死を軽しと言いし日ありぬ冬欅　橋爪鶴麿

苛酷な戦争を体験した人ならではの思索的な俳句である。

左義長句は広島で被爆した十九歳のきっと少女のことだろうか。少女は死ぬ寸前何を目に収めたのであろう。焼けただれてしまった街の一齣ではなしに、緑に萌えた山や畦に咲くきれいな花であって欲しいと願う。

三樹彦句は、戦争が終わって平和が来た昭和二十年八月十五日の空、昨日までの空とちがって、何という清新の空の色であろう。

千女句は戦中に出征兵士が死地へ赴くために、紙の日の丸を振って見送った駅、今は無心に春雪がその駅に降りそそいでいる。

鶴磨句は、やはり戦中に『葉隠』の一章「死を鴻毛の軽きに置く」を暗唱させられ洗脳させられたことを述べている。冬欅が、そんな当時の軍部の、いのちの軽視を諭すかのように凛として立っている。

これらの五句は平和な現在から戦中への回想自戒句となっているが、筆者の戦中の記憶を掘り起こして書く。

昭和十九年頃であったか。夜九時頃に空襲警報のサイレンが鳴った。夜間空襲は日本人を眠らさずに身心衰耗から戦意喪失させることを目的としており、殆ど毎晩のようにサイレンが鳴った。

身拵えをして、いつでも避難できるようにして夜空を仰いだ。

戦中の夜空は澄んでいたと思う。当時の日本の工場等の生産活動はとぼしくなる一方でほそぼそとしていたから、現在のように煙によって空が濁ることはなかった。

一人で家の前の夜空を仰いでいた時、現在で言うところのハミングが流れてきた。姉がモンペ姿に防空頭巾をかぶってくちずさんでいた。その歌は当時霧島昇が歌った「誰か故郷を想わざる」だった。この歌は、その感傷性のために軍部がいい顔をしなかったそうだが、逆に戦場の兵士達が故郷を懐かしんで歌い、そのまま日本の内地で流行したと聞く。

空襲警報下の夜、息を殺すようにして空を仰いでいる少年だった筆者の耳に、その声は妙に胸に沁みていまだにそのくちずさんだ声が忘れられないでいる。

それと同じようなシーンがある。それは、映画『日本戦歿学生の手記　きけ、わだつみの声』（昭和二十五年、関川秀雄監督）の或るシーンである。

この映画は戦歿学生の手記を映画にしたもので、社会性映画として注目されたが、記憶をゆり起こして、そのシーンを書いてみる。

学生兵を交えた兵士達が昼間の戦闘に疲れ果てて塹壕の中で銃を抱いて仮眠している時、米軍の陣地から大きな声が日本語で流れてきたのである。宣伝放送の言葉は、たしかこうだった。

「日本の兵隊さん、あなた達は誰のために戦っているのですか、内地では軍部や財閥の人はのうのうと暮らしています。早く戦争を終わって内地へ帰りましょう」

当然厭戦意識を動かすのがあきらかな謀略放送だったが、そのスピーカーから藤山一郎の「影を慕いて」のメロディが無気味なほどにしずかな戦場へ流れるのだった。兵士達は、この感傷的な旋律をしんとして聞いていてみじろぎもしない。

あの映画の戦場のシーンと空襲警報下、夜の暗い一隅で姉がくちずさんでいた、やはり感傷的な歌、それがつねに二重に筆者の記憶にある。庶民は戦中黙って「聞く」「くちずさむ」かして圧政に耐えなければならなかったのである。

蟇誰かものいへ声かぎり　加藤楸邨

かるがるしく物を言い、物事を知っては罪になる時代となりつつあるようだ。けれども俳人は言葉のうしろに意味を含ませて語ることができる。

言葉のうしろの意味をさぐる、という姿勢は、やりきれぬ思いを誘うが、前向きに考えて、その作品を深く考える姿勢ともなり、鑑賞力を深くさせる意味でむしろ良いかもしれない。

世界病むを語りつつ林檎裸となる　中村草田男

主知的な作品は、抵抗詩を読むに似て一種の活力を与えてもくれる。すべて自由にものが言えなくなった時、こうした俳句を詠まなければならぬと思っている。それも「故郷」を偲んで詠んでいきたい。そう思っている。

第二十八回　初蝶や

「俳句界」平成二十六年一月号で俳人協会、現代俳句協会、日本伝統俳句協会の三協会の事務局長・幹事長の座談会の記事が載っている。

「シリーズ結社の未来を考える」のテーマで染谷秀雄（俳人協会）、前田弘（現代俳句協会）、坊城俊樹（日本伝統俳句協会）の三氏がそれぞれの立場から意見を述べている。

それぞれの立場からの言葉は誠実で、なごやかさがあり納得をしながら読み進んだ。読み進んでいて興味を持ったのは「〝ジェネレーションギャップ〟をどう克服するか？」の問いかけであった。

染谷　でも、そもそも若い人が、今、そんなにいないでしょう。

坊城　活躍している若い人もいますが絶対数が少ない。

（中略）

前田　年寄り自ら若い世代へ降りていかないとダメかもしれないね。（後略）

この言葉は出席者三人が若い人とのジェネレーションギャップ、つまり若い人の俳句にかかわる現状を述べている端的なフレーズである。

これらの言葉から筆者の結社「港」のある一齣を書く。

「港」に属している人の平均年齢は高い。そして男性が多い。男性が半分という感じを持つことがある。ところがある日、そうした句会に若い人が出席したのだが、数日経って手紙がきた。退会の手紙だった。

その手紙には高齢者ばかりで居心地が悪く選句意欲もうすれました、とした文面が綴られていた。結局その若い人は退会した。

俳句はひところより衰退したと言っても、まだ一定の規模は保っている。そしてその規模を成しているのは中高年者と言ってもいいであろう。結局、若い人はすくないのである。

染谷　定年退職後に入ってくる人が多いから。

坊城　うちは特にそういう人が多いです。「伝統」という名前だけで年配の方が入ってくる。若い人はみんな「現代」へ行っちゃう。

前田　いや、うちにも来ていないですよ（笑）。（後略）

たしかに毎月多くの結社誌に目をとおすが、あきらかに高齢者が多い。何か新奇な作風の結社には若い人が多いように思うが七割八割は高齢者のための結社となっている。

それならそれでいいのではないかと思っている。高齢者が注目されるような俳句を詠んでいれば、その作句観、人生観に若い人が逆に注目するのではないだろうか。

高齢者には動かしがたい美学がある筈である。老人には、老人臭があるにせよ生まれてくる俳句に凜とした志が見えていればそれでよいのではないだろうか。

まして高齢者は「戦争」というとてつもない非情な体験をしている。

うごけば、寒い　　橋本夢道

橋本夢道が俳句弾圧事件で投獄されている獄中での作と言われている。この句が反権力、獄中での作だから注目するということもあるが、逆に若い人には、こうしたぶっち切ったような句を詠む詩精神は持てないであろう、という点で高齢者俳人は自信を持ってよいのであると考える。

沖へ出るほど白くなるヨットの帆　　後藤比奈夫

作者九十七歳の作。何という澄明な世界であろう。この句にあるものは白い帆のヨットだけであり、そのヨットが日本のヨットか西欧のヨットかどうでもよくなるほど、削ぎに削った

「心」だけの俳句になっている。

　この句からつたわるのは作者の心象、ひたすら白くなってゆくヨットの帆を追うことによって、法悦さえもつたわってくる。

　俳句は、あくまで紙とペンとで成立するものであり、それを動脈硬化症と言われようともすこしも変える気はない。インターネット句会、ＩＴ俳句は、はかない遠花火のように思えてならない。第一、それらの俳句に「心」があるのだろうか。

「俳句界」が特集した座談会から、これだけのスペースを使ってしまったが、それだけ座談会の記事に気持がそそがれたと思っている。


「俳句年鑑」二〇一四年版の「巻頭提言」は片山由美子氏が「歳月の重ね方」と題して誠実な思いを綴っている。

　二〇一三年は、「若葉」「かつらぎ」が通巻一千号を迎えたことから文章が進んでいる。個人的なこととしては、九十九歳（当時）の文挾夫佐恵氏が「蛇笏賞」を受賞、また八十九歳（当時）の和田悟朗氏が「読売文学賞」を受賞したことを述べている。もうひとつ具体的には第十三句集『夕映日記』（ふらんす堂）を上梓した後藤比奈夫氏の作品にも触れている。また深見けん二氏の句集『菫濃く』（ふらんす堂）の作品にも触れている。この記述は高齢者にとって、単純にうれしいことである。

昔、と言っても昭和のある時期（結果としての高度成長期）に中学、高校卒の人達が「金の卵」として企業側から待遇されたことがあった（すくなくとも外見だけは）。「ああ上野駅」という歌まで流行して、むしろ感傷的にさえ囃されたのである。

この状態は、今の「俳句ジャーナリズム」と併せ考えると、何やら似てしまうように思う。結社誌サイドで考えると若い人の多い結社誌イコール「清新」の結社、そんな常識的な答えに支配されているようなのだ。

「俳句甲子園」「ＩＴ俳句」、何やら線香花火のようなゲームのような、はかない俳句様式が通っているようだが、八十歳を過ぎた「じじい」の筆者には、ただしらじらとした若者の自己満足のような形にしか見えなかった。

そんな思いの中での片山由美子氏の文章、「若い世代を大事にすることはもちろん大切だが、特別に扱うのもまた問題である。生き残っていけるかどうかは個人の努力次第である。結社によっては、二、三十代どころか、四十代もほとんどいないというところもある。若い人を育てるなどということを、結社の目標に掲げるつもりはない、と言い切る主宰もいる」。

じつはそのように思っている主宰者は多い。若いのだから特別に扱ってくれて当り前という顔をされては結社の秩序さえもが狂ってしまうのである。

石田波郷、加藤楸邨などが活躍した三十歳代の若さとは時代相がちがう。すくなくとも兵役の義務はないし、日本全体が、ひしひしとファシズムの世（今でもその空気感はあるが）が迫ってくる中での波郷句、楸邨句であった。死生観さえ波郷句楸邨句に漂っていた。片山由美子氏の「巻頭提言」は、こう結んでいる。

「何ごとも結論を早く出すことを求められがちな昨今、俳人はそれに巻き込まれずに生きてゆく覚悟が必要であろう」

若い人が結社に入ってきて、すこしでも結果が出ないと風のように居なくなってしまう昨今である。その人達を呼びもどすこともできぬ迅さである。

初蝶やわが三十の袖袂　石田波郷
つひに戦死一匹の蟻ゆけどゆけど　加藤楸邨

こうした俳句を三十代に詠んでいる。若い人はこの句の時代相、抒情を深く汲むべきであると共に、高齢者のわたくしは原点にもどらなければならぬと思っている。

青麦や父を迎ふるとほせんぼ　大牧　広
叔父征きてざんざと泣きし春の朝
噴水や遠くめぐらす朝の森

筆者が俳句を書きはじめた頃の三十代の一貫性のない俳句である。でもこれが筆者の原点、この「稚拙」をあたためてゆきたいと思っている。

第二十九回　もう走らない

ある俳誌で四月、いわゆる新年度を迎えて「出会い・別れ」の俳句を抽いて欲しい、という依頼があった。

その依頼に沿って、「出会い・別れ」の俳句を江戸時代から現代の作品を探して役目を果たしたが、おもしろいと言えばおもしろい点に気づいた。

それは、「出会い」の俳句には女性俳人が多く、「別れ」の俳句は、男性俳人が多いということだった。

出会いも別れも人生の一場面、男も女も同じではないか、そんな思いを胸中にして、ペンを進めたのだが、出会い、逢う、こうした場面や体験を俳句にとどめておく、つまり、出会ったそれからのことを、いわば官能的に詠んでいるのは、七割方女性俳人に多かった。

たとえば、桂信子の、

ゆるやかに着てひとと逢ふ螢の夜

は、出会いの典型的な作品と言っていいであろう。その相手が同性であろうと異性であろうとあまり深く求めるところではないようだ。

美人画家の鏑木清方が描く情緒的な場面を想って鑑賞していい俳句と思うのが、一義的な鑑賞方法であろうし、また、主婦が一日の家事から解放されて、こざっぱりとした服に替えて親しい友人と会う場面として鑑賞してもいい。

つまりは開放的な鑑賞が許されるのである。

対して、「別れ」の俳句を思う時、山口誓子の、

海に出て木枯帰るところなし

を思う。

昭和十九年、太平洋戦争末期の俳句である。現在の解釈としては特攻隊を詠んだ句とされている。片道分の燃料しか積まずに攻撃する、という行為は自殺行為で、あきらかに、この世への別れを示す誓子句といえる。

「出会い」「別れ」、こうして書いてみると「別れ」の方が、はるかに原初的なエネルギーが要ることで、やはり「別れ」の俳句に男性俳人が多く、それでいて例句がすくなかった。

「出会い」は希望、「別れ」は失意、こうした括りができそうだが、高齢者俳人は、やはり「別れ」をにじませた俳句に傾いていくのであろう。いずれ死別という「別れ」がくるならば、いっそ腹を括って大きく詠みたい。その、大きく詠んでいる俳句を挙げる。

死期といふ水と氷の霞かな　　斎藤 玄
死後といふひろがりにあり逃水も　　伊藤白潮

共に「死」をみずから予感している、と言ってよい俳句である。

斎藤玄は「壺」の創始者として北海道の俳人として存在感を放っていた。筆者の記憶では氏がすでに重篤の状態でベッドに臥している姿を新聞紙上で読んだことがある。

その記事に付せられた文面は定かに覚えていないが、氏がベッドの上より視線を向けており、その決して萎えていない表情が印象として目に残っている。それからすぐに氏の訃報を知った。死を前にしても炯々たる眼光を失わぬことを知った。

伊藤白潮も自分の余命を知っていることを旅を共にしたことがあって筆者は気づいていた。好きだった酒を一滴も飲まず遠いまなざしで旅の風景を眺めていたことが記憶から離れない。

この二人の俳人は、高齢者であった。高齢に向かっていく時に「死」への概念をひとりひとりが形づくっている。高齢の筆者もその一人である。

そんなことで「別れ」は、悲劇的な色彩を濃くすると共に男性にこそふさわしいような気がする。

「別れ」の場面をにじませる、ある場面に合ったことがある。もうかなり前の早春の朝、さわやかで空気がつめたかったので早春と思うが、路地の入口で、まだ本当に若い職人が家の塀にすがって泣いていた。

その泣いている若い職人を親方風の男がなだめていた。どうしたんだ、何で泣いているんだ。親方風の男が肩をゆするようにして聞いているのだが、若い職人は、ただ泣きじゃくっていた。空気が澄んだ早春の朝にこの景は印象的だった。

私はこの二人の姿を目に入れながら、その時、勝手に想像をした。

若い職人は地方の親元から別れて住みこみで職人修業をしている。馴れない東京の地で親元から別れての職人修業は辛い。それに加えて先輩職人の「いじめ」に近い仕事のきびしさ、ホームシック。その職人は仕事をしようとする朝、つらくてたまりかねて現場へ行く途中に泣いてしまった……、という筆者の「感傷的」な想像である。

それもふるさとからの「別れ」から、少年は嗚咽した、と思っている。

少年の泣きし眼に会ふ朝桜　大牧　広

は、そんな景を目にしての作である。

さて、このように感傷的に想像してしまうのも齢のせいなのであろう。あるいは決して恵まれていなかった筆者の生いたちによるものではないかとも思っている。
高齢者俳人の句は、いくつかに分かれるようだ。恵まれて、順風満帆な現役を送った人の俳句。懸命に働いても恵まれることもなくつねに逆の面ばかり出て苦労を負う人の俳句、こんな二つに大別される俳句は、おのずとわかってくる。

酌婦来る灯取虫より汚きが　高濱虚子
退屈なガソリンガール柳の芽　富安風生
天平のをとめぞ立てる雛かな　水原秋櫻子
さる方にさる人すめるおぼろかな　久保田万太郎
咳の子のなぞなぞあそびきりもなや　中村汀女

これらの五句が、いわゆる順風満帆だった人の俳句であり、次の俳句は、決して順風満帆ではなかった人の句である。

冬に負けじ割りてはくらふ獄の飯　秋元不死男
父の死や布団の下にはした銭　細谷源二
子も手うつ冬夜北ぐにの魚とる歌　古沢太穂
炎天の犬捕り低く唄ひ出す　西東三鬼

何か較べるようにして並べたが、何が良くて何が良くなかったのかを述べる気持は毛頭ない。九句共純粋な俳世界を述べており、もし差があるとすれば、着実に齢をとってゆく自分の生涯を悪びれず着実に詠み上げていることだろう。

そのたしかさが高齢者の一抹の批判精神を呼び起こすのである。

走らでもよきもの走り走馬燈　後藤比奈夫

氏の九十一歳の折の作品。走馬灯ひとつでもこのような悠揚とした俳句を詠む。現代人は走りすぎている。まして、高齢者はもうゆっくりと体に負荷をかけずに歩いていこうではないか。

後藤比奈夫は今九十七歳。まさに大河のように悠々と日々を送っている。生涯に幾度となく在った「別れ」や「出会い」。これを氏はみごとにしなやかに乗り越えている。

十二月八日の杖と歩き出す　松山足羽

「杖と歩き出す」に作者の境涯がこめられている。作者の夫人はすでに亡い。ゆえに自分と行動を共にするのは「杖」である。杖を使うと背がかがむか、胸を張るか、のどちらかになる。作者はきっと胸を張って歩むにちがいない。

時折接する作者の決して急がない所作が、それを思わせる。もう走らないのである。

第三十回　福島で起きたこと

「俳句界」平成二十六年三月号の特集記事は、「3・11は終わっていない」というタイトルで、三年前の東日本大震災に触れたものであった。

あの大震災から三年が経っている。三年というと、日本人の生活や仕事の感覚から推して、何らかのメドがついている、というのがごく普通に考えられる。全く完成されなくても、どうにかトンネルの出口の明るさが見えてきた、そんな期待感を持ってよい「三年間」である。

にもかかわらず、我々が見るテレビ画像の姿は、かつて人々が暮らしていた筈の原っぱが、雑草が枯れながら茂って茫々としている画面であり、傾いて黴の生えた仮設住宅と、そこで生活をしている高齢者達の諦めてうつむいて暮らしている姿ばかりであった。

それでもテレビ画面は、思い出したように東北出身者のスケーターや野球選手の「明るい姿」をさしこむが、かえってそれが被災地の希望の失せた姿を浮き彫りにするだけで、三月十一日のその日は、暗澹とした気持で眠りについている、というのが筆者の正直な気持であった。

そんな気持を曳いて「俳句界」の「3・11は終わっていない」の特集記事の一環である被災地俳人競詠へと読み進む。六十一人の俳人が三句を詠んでいる。

◉「3・11」「復興」を詠む

村一つ獣へ預け年明くる　小原啄葉
避難所に回る爪切夕雲雀　柏原眠雨
鰈干す津波とどきし軒先に　小林輝子
早よ還れかへれと万の浜菊は　鈴木八洲彦
大地震に突き上げらるる術後の身　伊達甲女
野ざらしの破船に遠き天の川　畑中次郎
どの影も祈られてをり年の坂　矢須恵由

◉「原発」を詠む

マスクして出て原発に明日見えず　大内史現
春光のあふれてゐたる廃墟あり　菅原関也
廃炉まで七生蟬が鳴きつづく　鈴木正治
長き夜やさらさら何処へ汚染水　成井惠子
フクシマの山彦海彦ほか棄民　山口　剛

盗汗かくメルトダウンの地続きに　　渡辺誠一郎

大地震が起きて三年が経つというのに、昨日のことのような臨場感がどの句にも満ちている。被災地又は被災地近くに生活している人ならではの切迫感が、ひしひしと迫ってくる。

こうして俳句を列記して言えることは、何人かを除いては、やはり知る限り高齢者が多いということである。

ことに冒頭の、

村一つ獣へ預け年明くる　　小原啄葉

は、強い戦慄感さえ呼び起こす。

放射性物質の被害を避けるため、逃げるようにして避難して行った人達のシーンである。台所には食べかけの御飯茶碗、食器が全くそのままの状態で、いわば時間が止まったままの真空的な状態がテレビの画面に映しだされる。

そして、その画面から見えるものは野生化した室内での動物達の排泄物。このような荒涼無残な画面に接するたびに、筆者は心の深いところから怒りが湧く。

それは、この日本で何年か先に行われる「東京オリンピック」である。東京が使う電力を福島の原発でつくっていた。その福島が、チェルノブイリのような惨状に覆われている。その惨状を見ないようにして別の世界のようなオリンピックを電力消費地の東京でひらく。「アンダーコントロール」という言葉の下によってである。

筆者のようないくらか血液の流通が悪くなった者には、この推移が全く理解できない。そんなオリンピックをひらく力や経済力があるならば、福島県の除染の徹底、被災県での仮設住宅の解消などにふりわけることはできぬのであろうか。

どの影も祈られてをり年の坂　矢須恵由
廃炉まで七生蟬が鳴きつづく　鈴木正治
フクシマの山彦海彦ほか棄民　山口　剛

などに、何を言っても「上」へ届かない庶民の嘆きが、俳句という形を使って詠まれている、と言ってよいと思う。ことに書いておきたいのは、これらの俳句には何の政治的思惑のかけらもない。それであるのに切々とした訴えの心情が読む人の胸を打つのである。

ノーベル賞作家の大江健三郎は三月八日の「福島県民大集会」で、こう話している。

「次にだまされてしまえば私達の未来はない。（中略）原発の危険を人間は克服できない。それを経験として知っているのが福島の人たちだ」

廃炉しても何千年何万年も放射性物質の危険性は消えない。もっとも悪しき原発、放射性物質の開発利用を今の人はやってしまった。それでも、こんな恐ろしい原発を世界にセールスしている人がいる。そして、この事実を「普通」に見遣っている現代人、「現代」は、とてつもない「悪」をこしらえてしまったのではないか。

さて、高齢者俳人は、こうしたすでにぼんやりとした大きな罪を後世へゆだねてしまった。それだけに、せめて俳句作品の上だけでも贖罪ができないものか、それを実作品から探してみる。

秋蝶や言葉不用の被爆マリア　相原左義長
写経の指ならねど縷縷と　天災句　伊丹三樹彦
被曝村氷の中に軍手ある　中嶋鬼谷
映像に死ぬ前の顔沖縄忌　矢島渚男
村棄てし人ら集いて里神楽　安西　篤
震災にひるむことなし生身魂　日下部宵三
ＰＭ2.5春のマスクが向こうから　寺井谷子
秋刀魚裏表焼きはたセシウムは　諸角せつ子

「俳句年鑑」二〇一四年版から抄出した高齢者の俳句である。
どの句にも真摯な切迫感がこめられて共感を誘う。その切迫感は、三年前の大震災にかかわった句、七十年前の戦争にかかわる句であったりするが高齢でなければ詠めない危機意識の訴えに於ては共通している。

高齢者は働き盛りの人よりも何十年も多く知っている。まして高齢者俳人は、それだけ「もののの哀れ」を知っている。


「何で、いつまで、ここに住んでいなくてはいけないの」

この言葉は福島の仮設住宅に三年住んでいる育ち盛りの子が親に言った言葉である。日毎に成長していく子供には、仮設住宅の狭さに耐えきれぬ圧迫感を感じはじめているのだろう。

その子は日毎に無口になり、ひきこもりの傾向を見せているという。

年を積んだ高齢者俳人は、せめて、その子を元気づける俳句を詠んで、元気づけをしたい。でも無力感に襲われる。

「アンダーコントロール」。朗らかに言った人の声が、むなしく耳に残っているが、三月八日の福島県民大集会で、女子高校生の「(原発が存在する) 理不尽に率直な疑問を投げたい。日本は原発に頼ってはいけません」という記事も目に残っている。


さて、「港」の定例句会に、このような俳句が出された。

春は未だと仮設の便りコクヨ箋　細田伸子

作句は九十二歳の高齢者だが、きびきびとした動作は失われていない。そして、この俳句は、その日の最高点句となった。仮設住まいの苦しさを「コクヨ箋」にこめたもので、筆者も特選にした句である。

「俳句界」で、あの日を忘れぬために特集を組んだスピリッツ、この姿勢を忘れてはならぬと高齢者の筆者は思っている。そのための選句と作句をひとときも忘れてはならない。

第三十一回　ほたる・やすらぎ

文学座代表の加藤武氏が某紙の日曜版で、こう述べている。

「このごろの日本はまた、きな臭いやね。声を上げないと、どうなっちゃうかわからない。だから私は秘密保護法に反対するし、憲法九条を守れと言っています」

この言は、文学座公演で氏が主演する「夏の盛りの蟬のように」で葛飾北斎役を前にしてのインタビュー記事での言葉である。

そして記事は、

「北斎宅に集まっては、議論をたたかわす三人。芸術至上の北斎、非道な政治に怒る堅物の崋山、ニヒルな国芳。いつも大騒ぎです」

と書かれている。

また新聞紙上には、加藤武氏のふだんの闊達な半身像、下段には稽古中の北斎役の写真が載っている。その写真は、ねじり鉢巻に口に筆をくわえて手にも筆を握っている「いなせ」な感じの北斎役・加藤武氏の姿である。

氏は、小沢昭一、永六輔等と「東京やなぎ句会」を楽しんでいる俳人である。筆者もかつて何回か呼ばれて出席したことがある。

あれはあれあのままにして年果てる
喪服着て師走の街の人となる
負真綿のつそりと猫膝に乗り

加藤武の句である。

何ものにも捉われず自在に詠んでいる。体温を感じさせる俳句である。氏は現在八十五歳、太い力強い声が何とも魅力的で、「やなぎ句会」の雰囲気をなごませていた。

どちらかと言うと、全くもって中立公正な人柄でありながら、こうした発言をしなければいけない今の日本のきな臭さを、改めて思わなければいけないと考える。

こうした個性を俳人で考えるとすれば、やはり金子兜太であろう。

句の詩のといまも南溟に立つや
森汚れ海の歎きの山背吹く
野に住みて白狼伝説と眠る

秩父谷朴咲く頃はわれも帰る
山影ゆく小学生に雨の粒

「俳句年鑑」二〇一四年版からの抽出である。

かつて作家の新田次郎が無名時代に、自分の信奉する作家の作品を一字も違わずに原稿用紙に書き写した、というエッセイを読んだ記憶があるが、筆者も金子兜太の俳句を書いている時に、それと同じ、シンパシーを持つことがある。

五句のうち、その一句目の内容が、ことに心に沁みる。

句の詩のといまも南溟に立つや

今でこそ韻がどうだとか詩性がどうとか論議をしているが、南溟（金子兜太の場合はトラック島）に散った戦友を想えば、こんな議論をしていてよいのか、「立つや」という自省をうながす表現が、そのような解釈となる。

また、二句目は東日本大震災の日の森や海のどうしようもない現象を表現したのかもしれない。そんな破壊された地を、ひえびえとした山背が吹きすさぶ。

このような、いわば終末的な内容を詠んでいても金子兜太という人は泰然としている。山のように動かないのである。それも、ただ動かないのではなく、いつもやさしい目配りは怠っていない。つまり氏の心は繊細であると思っている。

加藤武と金子兜太、いつも山のように坐っているが、人の心を読んで、きめこまかい気配りは欠かしていないことがわかる。

気配りに沿った句集といえば、田中陽の『ある叙事詩』（文學の森）があげられる。著者は、一九七一年に口語俳句協会賞を受賞していることからもわかるが、全句口語俳句で編成されている。

帯文に金子兜太の言葉が掲げられていて、その一部を引く。

「口語で書くと割切っている以上、あとは作品の集積が解決することなので、ここで改めて〈口語定型〉などという目標じみた呼称を掲げる必要はない、ということだったのだろう」

帯文にありがちなべたついた文章でなく、金子兜太のあたたかい視線を感じるものであった。

みんな加害者八月の蟬がシャッと去る

釘箱は暗がりにあり危うい安堵だ

生きてきた生きていく鍬がいっぽん

元旦の青空がたしかにある　啄木よ

旅は春の女にもらう飴一個

残暑のタオル零細企業午後三時

秋の人を花に埋めて来て乗るＪＲ
この冬空かつて米機が切り裂いた
夏の夜をあなたも癌を詠って逝った

全句を読んで何か、やすらぐような気持になった。それはなぜだろう。それはきっと「定型」という四角い枠のようなものが取り払われているからだと知った。

言葉を換えれば大草原のまん中に立った気持といえばよいだろうか、つくづくその気持につつまれたのである。この気持は全身を賦活させるもので高齢者にとっては何よりの養生となるものと感じた。

「定型」、この定義があるからこそ俳句である、という説を勿論否定しないが、この枠・約束ごとを錦の御旗として作句姿勢を縛るのは高齢者の血行をとどこおらせるものである。「奴隷韻律」として定型や季語を拒んだかつての運動もよくわかる。

けれども齢を重ねてくると、大きな画用紙に、何でもかんでも絵でも字でも書いて汚してみたい、そんな気持にかられることがある。

『ある叙事詩』の作品は、その意味で、それらの気持を満たしていることに気づく。

この流れで、ふっと胸に湧いてくるのは種田山頭火の俳句である。

ほ ろ ほ ろ 酔 う て 木 の 葉 ふ る

ほうたるこいこいふるさとにきた
けふは凩のはがき一枚
おちついて死ねさうな草萌ゆる
とぼしいくらしの水のながるる

孤絶と安寧、この境地はたとえようのないものである。

東日本大震災の年の初夏に筆者は高知県の俳句大会に出席した。その夜、蛍狩りを催してくれた。

高知の山中の漆黒の闇の中に蛍達は、あの神秘的ともいっていい光を放って私達の前へ現れてくれた。山頭火の蛍の句も胸を離れなかったが、その年の三月の大震災による犠牲者の魂の光とも思えて言葉がなかった。

青緑色の蛍の光の明滅、犠牲者の無念の心を一句にしようとすれば、むしろ定型の約束を果しての俳句では鎮魂にはならぬであろう。故人に失礼とさえ考える。

せめて自由に詠んでこそ鎮魂になると思う。定型でも破調でも自由律でもいいのではないか。

あの山中の夜蛙の声、蛍の火の明滅、かぐわしい山気、こうした敬虔な日本のたたずまいを子や孫につたえていかなければならない。俳句はそのためにあると思っている。

闇よりも暗きを探す初蛍　　星野高士

氏の第五句集『残響』（深夜叢書社）の中の一句である。

闇だけで充分怖いのに、初蛍はそれ以上の暗さを探している。これは「世」の怖さを知らぬ初蛍だからこそである。

高齢者もこうした「初々しさ」を持ちたい。そうすると、高齢者は、ゆかしく見える。ゆかしさとやすらぎを備えた高齢者像、これが理想像である。

第三十二回　益川敏英氏の言葉

調べることがあって昨年（平成二十五年）の新聞の切抜帳、それも俳句の事柄を確認するため切抜きのノートを繰っていたが、「毎日新聞」の「特集ワイド」というノーベル物理学賞の益川敏英氏の記事に出会った。
「憲法よ」というタイトルで、「この国はどこへ行こうとしているか」というサブタイトルである。

益川敏英氏は、先生に似ていると「港」の同人の人から言われていて、根がうすっぺらい私はそれとなく氏の言行や風貌などを注目していた。

それはそれとして、氏はこう述べている。

「あの安倍（晋三首相）さん、坊ちゃん政治家だからね。自分は安全なところにおって、戦争できると考えているんじゃないの。テレビゲームみたいな感じで。九十六条の改正から手をつけるようなことを言っていたでしょ。本気ですよ。これまでは、いつかは変えてやるぞってことでしたから。いまがチャンスと踏んでいるんだろう。反対する側も本気にならんといけない」

益川敏英氏は七十四歳。身長一五二センチ。他の学者のような長身・聡明な雰囲気は漂わせていない（それが筆者に似ていると失礼ではあるが勝手な思いこみをしている）。

ただ物理学会に全く無知な筆者が、あえて書きたいことは、ノーベル賞という最高の栄誉を受けながら、官学的な思考に染まっていないという姿勢で、熱く注目してよいものであると思っている。

最高の栄誉を得たために、ひたすら保身に走っている人が殆どであると言ってよい。それらの人達は、いくらでも挙げることができる。であるのに益川敏英氏は、いわば野人のような雰囲気で、闊達に自説を述べている。まさに自由に行動をされているが、その思考軸は水平的で「憲法九条京都の会」の代表世話人になっている。

このような水平的な思考を持っている俳人を挙げてみる。

金子兜太、伊丹三樹彦、小原啄葉、後藤比奈夫、友岡子郷、矢島渚男、宮坂静生、齋藤愼爾、宇多喜代子、高野ムツオ、失礼を顧みず挙げてみた。

これらの人達は共通性がある。それは視野が広いこと、心がやわらかいのに強い意志性がつたわってくることである。ことに大半の人が戦争を体験しているために、何が非道で、何が大切なのかをわきまえている。だんだんと齢を積んでくると守旧になってゆくのは、血流や筋肉の老化硬化などで仕方のないことだが、筆者が挙げた人達には、こうした停滞感が全く見られない。

俳人は、やはり俳句作品が、俳句観、人生観そして社会観を表わすので一作品を挙げる。

それでも微笑む被災の人たちに飛雪　金子兜太
つくしんぼ　句を作らねば日は暮れず　伊丹三樹彦
戦なき世に半生余初景色　小原啄葉
歩きつつしてゐるそれも初電話　後藤比奈夫
海よ贖へと風鈴鳴りゐたり　友岡子郷
鉄塊の機雷錆びたり浦祭　矢島渚男
草の秀も闘ふこころ梅雨に入る　宮坂静生
雛買ひに暗といふ峠越ゆ　齋藤愼爾
生き真似の息の荒さに白菟　宇多喜代子
車にも仰臥という死春の月　高野ムツオ

一句ずつ掲げたが、つぶさに読むと表現に何の夾雑物もない筋を通した作品達である。さりげなく主張することはして、心情はあたたかい。

あえて、高齢者俳人の俳句を掲げたが、これは前述の益川敏英氏の言葉を底流として掲げた

俳句である。その言葉、

学問だけではダメだ。学問を支える社会の問題も考えられないやつは一人前ではないという空気がありましたね。先生はひと言もおっしゃらないんだけど。

この文の先生とは、益川敏英氏の師、名古屋大学の坂田昌一氏である。坂田昌一氏は、湯川秀樹、朝永振一郎と並ぶ素粒子論の第一人者である。

学問だけではダメを、俳句だけではダメだ、更につめてゆくと写生俳句だけではダメだ、となるのだろうか。

思想・思考の裏付けのない無感動な俳句は永遠に、無感動のままである。

古池や蛙飛びこむ水の音

この無感動な俳句が名作であるという縛りがあって、こうした無感動な俳句が高潔であると思いこんでいる人はまだまだ多い。この気分によって、むしろ若い俳人が、エキセントリックな宗教的な理屈をつけて、ながながとした「評論」を書いている。その姿は心を無くしてパソコンやスマホを打っている姿を思わせて、うそ寒い。

ある若い人が、どうしても俳句で注目を集めたくて「日活ロマンポルノ」のような俳句を詠んで俳人の注目を集めて名を成した。すると、その人は転じて「普通」の俳句、それも山は山、木は木という、諦念のような逆説のような俳句を詠んでしまっている。
それはそれでまた俳壇に迎えられて平均以上の俳句活動を示している。したがって心を伴った高齢者の俳句は古い固いというおきまりの概念によって、それとなく無視されているのが現実であるといえよう。

さて、何か自己宣伝めくが、いや宣伝となるが筆者は八冊目の句集『正眼』（東京四季出版）を上梓した。

社会性俳句はいづこ巣箱朽ち
傲りたる東電干鱈むしりゐて
原発はつまり墓場で青嵐
日本いま妙な発熱ところてん
夏ひえびえいくさの好きな人が居て
葭切のかさりかさりと改憲論
原爆を落されし国揚花火
桐一葉基地の広さのただならず
木枯やブラック企業旗を掲げ

三百五十句ほどの俳句で、社会を詠んでいるのは九句ほど。もちろん意識して九句にしぼったのだが、それを今悔いている。九句にしぼったのは、一般受けを計算した、きわめていやらしい心からである。

なぜ真正面から沢山詠んでいる筈の、たとえば原発のこと、危険な道を歩もうとしている政治の句を省いたのだろう、とそれを強く悔いている。

もう先の見えた高齢である筈なのに、そんな通俗的な心を持ち合わせていることに、自分を励ましているのかもしれない。

疲れるな鯨のハムをパンにはさむ　　古沢太穂

古沢太穂の初期の俳句である。

句意は時代相と併せて考えると、ほのぼのとあたたかい気持になる。昭和二十年代前半の一句と考えてもよいのであろう。

今のように異常と言ってよいほどの贅沢な食糧事情ではなかった。せめて肉は肉でも鯨のベーコン（もう若い人は知らないかもしれない）を食パンにはさんで食べて前へ進んで行こうではないかと。

「疲れるな」、疲れては駄目だぞ、日本は復興して行くのだから、そんなあたたかい呼びかけの俳句である。

この句とオーバーラップして、筆者がスーパーの中での子供を連れた母親の言葉、「今日はお肉は買えないよ節約しなくちゃ、わかっているね」が耳に入った。

当然家計を考えての母親の言葉だったが、男の子はただ黙っていた。

昭和二十年代も平成二十年代も庶民はけなげに生きていかなければならない、それを実感した。

第三十三回　怒れる老人達

終戦といえば美し敗戦日　　宇多喜代子

「俳壇」平成二十五年十月号に載っている一句である。

わかりやすすぎるほどの意味をこの句は持っている。戦争をつづけてゆく国力が一切合財無くなってわが日本国は昭和二十年八月十五日、連合国に対して無条件降伏をした。

筆者は十四歳、町会長がその日の朝、焼けトタンでバラック造りのわが家に来て、昼になったら町会長宅へ来るように、と言われていたので昼近くに焼跡で暮らしている人達と一緒に集まった。

まだ空襲を受けて焼跡のままの中、町会長宅へ集まった。

いよいよ敵が日本本土へ上陸する、その時の「心がまえ」そんなことを言われるのだろうと思っていた。天皇陛下直接の放送と聞いていたからである。

その放送のラジオは雑音が入って聞きづらかった。ノイズばかりで言葉が聞き取れなかった。が、町会長が顔を真っ赤にして泪をこらえていることを知った時、十四歳だった筆者は、ただならぬことが起きたのだと知った。

そのような昭和二十年八月十五日だったが筆者が書きたいことは、そんな回想的なことではない。

宇多喜代子の、

終 戦 と い え ば 美 し 敗 戦 日

と述べた勁い意志的な表現である。

多くの俳人が「敗戦日」「敗戦忌」「終戦日」「終戦忌」などと言葉の意味を変えてそれとなく保身の姿勢を見せている。昭和二十年八月十五日は、日本が乱暴な方法で戦争を仕掛けた揭句のまぎれもない「敗戦」をしたのである。そんなわかりきったことを宇多喜代子は揭句のように詠まなければならない。そんな俳句という土壌の後退性を訴えたと思うのである。

反 骨 は 死 後 に 褒 め ら れ 春 北 風　　大牧　広

この句は筆者の第八句集『正眼』に収めてある一句。

句集受領の手紙にはこの句に対して、筆者自身の反骨、又は体制に対して自分の意志をつらぬいた反骨など、さまざまな意見が記されている。

この句の「反骨」は筆者（勝手に思いこんでいるかもしれない）と正論反骨をつらぬいて生涯を終えた人達をも考えに入れての反骨である。傾向として、その反骨は、その人が逝ってから語られ褒められているケースが多い。なぜ、生前に、その人の反骨は讃えられないのだろうか。「反骨」イコール、面倒臭い人、話のわからぬ人、妥協することから遠くに居る人、など敬遠されて「変人」のレッテルさえ貼られてしまう。

この点を俳句に換えて考える。「反骨」「諷刺」「イロニー」などが消されている俳句を考えてみる。何という退屈な俳句であろうかと筆者は感じてしまう。まして高齢者は、もう本音の俳句を書こうではないかと呼びかけたい。本音は本質とイコールと考えてもすこしも乱暴ではない筈である。

その気持の延長線として、わがままついでに私の『正眼』から反骨を土台にした俳句を掲げる。

①傲りたる東電干鱈むしりゐて

②原発はつまり墓場で青嵐

③原発のはらわた癒せ青嵐

④日本いま妙な発熱ところてん

⑤夏ひえびえいくさの好きな人が居て
⑥葭切のかさりかさりと改憲論
⑦原　爆　を　落　さ　れ　し　国　揚　花　火
⑧泥鰌鍋この街かつて焦土なり
⑨桐一葉基地の広さのただならず
⑩仮設住宅うづくまりゐて雲は秋
⑪着ぶくれて震災画面に今も泣く

反骨と同一線上の告発、諷刺、批判などを土台にした俳句を『正眼』から掲げた。

この十一句の中で、ことに触れたいのは、①の、

　　傲りたる東電干鱈むしりゐて

である。はじめはこの句の意図は福島の原発（チェルノブイリに匹敵する大惨禍）にかかわった東京電力幹部とマスコミとの会見の一シーンが心にあった。

それは「メルトダウン」のことをマスコミ側がたずねた時、東電幹部社員は、ひややかな表情で、「メルトダウン」は「メルトダウンです」と言って、あとは故意に小学生へ諭すように、必要以上に、ゆっくりと答えていた姿である。その態度は、まさに「傲り」を感じさせた。庶

民の気持を代弁している質問に、いわば「上から目線」での答弁をしていた東電幹部の姿は、まさに、いやな印象として目に残っている。

ついでに書くと、最近の週刊誌の記事で、東電の社長だか会長だかが高級送迎車を使って、ゴルフ三昧である、ということを知った。

三年前の、あの人を見下した東電幹部の会見のシーンと、今のトップのゴルフ三昧の行動、そんな大企業に税金が投入されていると聞く。かつて「高潔」であったという日本人は、もう居ないのかとさえ思う。

④日本いま妙な発熱ところてん

憑かれたような、せかせかとした政治に日本人は煽られている気がする。ばたばた、せかせかの行動には政治家に必要な哲学がすこしも感じられない。すくなくとも小選挙区制の恩恵によって、たとえ得票率は四十三％であってもあと数年は政治を握っていることができる。であるのに、何か怯えるように、また「大企業」との約束を反古にしたくないがためのように、ばたばたと政治が流れてゆく。

「哲学」「心」がない政治に庶民がついてゆけるのだろうか。加えて格差社会が生んだ恵まれない人へのやさしい心遣いもすこしも感じられない。日本は内戦こそないけれども、エキセントリックな気持が鋭くなるばかりのような気がする。

夏景色とはB29を仰ぎし景　大牧 広

三月の大空襲に焼け出された私達（筆者は十四歳）は金も縁故もなくて四帖半ほどの防空壕で生活をした。父と私だけ横になれて姉達は座って眠るのだった。

そんな暮らしの日々に、もう焼夷弾を落す必要のなくなった焼野原の上をB29が銀翼を光らせて悠々と過ぎてゆく。そして、地上では焼跡に人々が莫蓙をひいて朝ごはんを食べていた。私が目にしたのは、六人程の人が味噌汁を啜っていた光景であった。「味噌汁」にする「味噌」なんか、とっくに手に入らなくて三倍四倍価格の「闇ルート」でしか手にすることはできなかった。私は、戦争が終わったら「白米」と「味噌汁」をおなか一杯食べる、そう思っていた筈だった。

ふたたび『正眼』所収の俳句にもどる。

⑥葭切のかさりかさりと改憲論

国はなぜ、改憲の必要性を胸を張って語らないのであろう。小利口な、言葉ばかり歩いて心のない人、そんな「小さい」人の姿勢を感じる。これが一国を動かす人の姿勢となっている。あまりにも、小さいし軽くしかも陰険である。

焼夷弾の雨の中をくぐってきた怒れる高齢者の気持である。

第三十四回　やさしい心の俳句達

このところ何度となく俳句筋の会へ出席した。その会は○○賞祝賀会であったり○○周年記念祝賀会であったりする。

祝賀会等へ出席するたびに自分の高齢をつくづく実感させられる。会へ集まった人達の年齢は、すでに戦後世代が大半を占めている。つまり、五十歳代、六十歳代の人が大半以上を占めていると言ってよい。

だから八十三歳の私が出席している姿を見て、必要以上に気を遣ってくれることがわかる。こうした扱いをうけて感じたことは、俳句年齢の主流は昭和二十年代前半であるということである。この世代は、団塊の世代とも言われている。

団塊の世代、あの太平洋戦争が敗戦に終わって男達が戦場から、外地から帰ってきた。男女のバランスが保たれてきて人口が増えた時代、昭和一桁のおっとりとした世代から見れば、競争意識が強い。利己的でさえある。そんな感じに映る。

さて、そのような団塊世代の人の俳句をできるだけ深く遠い視線で考えてみる。働き盛りの人の俳句を深く考えることは、高齢者にとっても悪いことではない筈である。それは八十余年を経た体験としてわかる。

そんな思いを下敷にして考えてゆくと、遠藤若狭男という俳人が、まっさきに胸にのぼってくる。かと言って遠藤若狭男という俳人の一切合財を知っているわけではない。

「狩」の主要同人であること。文章の表現も卓越していること、そして氏のまわりからいつもあたたかい雰囲気が漂っていること、そんな具体性に欠けた「知っている」ことだけであったのだが、五冊目の句集『旅鞄』（角川書店）を読んで、いよいよ具体的に遠藤若狭男という俳人に目を注ぎたい気持になった。

旅鞄より壊れ出てさくら貝
大うねりして楠の夏はじまる
風格は石にもありて蛇笏の忌
わが肺の癌たとふれば霜の花
八月の海へ敬礼して父よ
信濃炎天一本道の白さかな

これらの句は「俳句」平成二十六年四月号『旅鞄』特集記事中の自選二十句抄の中から抄出

した六句である。

決して背伸びをしていない遠藤若狭男が表われていると言えばよいのだろうか。

では、どう表われているのか、たとえば、

旅鞄より壊れ出てさくら貝

鞄に入れようとした桜貝は、控え目な桃色をして秘宝とさえ思わせるほどに可憐で美しかった。だからそれなりに保護をして旅鞄に入れたのだった。

でも旅が終わって旅鞄をととのえた時、桜貝は壊れていた。よほどの包装をしていなければ壊れて当り前の桜貝、それが、むしろ不思議そうに「壊れ出て」と表現する作者に、天真と言ってよいほどの詩性を感じる。この「天真」は、詩人にとっては絶対と言ってよいほどに必要なもので遠藤若狭男は、それを持っている。

わが肺の癌たとふれば霜の花

多くの共感を得ている一句である。

筆者も七十一歳の折、大腸癌に罹って「克った」ことになっているが、つねに気持の底に、その傷痕の思いがある。遠藤若狭男は、この癌を「霜の花」と詠んでいる。

「霜の花」、こう詠んでおけば、すこし恐怖がほぐされる。こうした発意が思われる。霜の花と美しく詠んで洒落のめす、そんなうすい現実逃避ではないと思っている。

「霜の花」としか心に浮かばなかったから、その措辞となったと思っている。


ごまめ噛みこころもとなき国の末　　原　雅子

作者は遠藤若狭男と同じ昭和二十二年生まれである。

なぜ、昭和二十二年生まれの俳人が登場するのか。理由は二つほどある。昭和二十二年生まれの人は現在六十七歳、こう書く筆者は八十三歳で十六年ほどの年齢差がある。この年齢差は、子供でもないし兄妹でもない。戦後二年経って生を受けた世代、食べ盛りの頃は日本国の食糧難時代だった。親が食糧を確保するのに必死な時代、感じやすい子供心に親の食糧確保の思いつめた表情が胸に刻まれているのであろう。

そんな世代の人の心はあたたかい気がする。手前勝手な言いかたになるが戦中戦前を生きた昭和一桁世代に理解同情の度合いが強いのではないかと思っている。

そうした意味で掲句の、

ごまめ噛みこころもとなき国の末

は、どこか戦中派の国を憂う気持と共通していると思う。「こころもとなき国の末」は骨太な表現で注目したい措辞と言えよう。

もう一人、同じ昭和二十二年生まれの横澤放川を挙げたい。その俳句は思索的で平易な表現とは距離を保っているようだ。

たとえば、この一句、

螢袋ひとが帰りて家灯る　　横澤放川

心があたたかくなる一句と言える。「家」というものはあるが、それは人が住んでいてこその明るく灯る家なのである。硬質な表現でありながらほっとするやさしさに満ちている。

成田まで叱られにゆく初不動　　伊藤伊那男

伊藤伊那男は昭和二十四年生まれ。

氏が主宰している「銀漢」は印象としてあたたかい。俳句作品はもちろんだが文章にしても句会や近況報告にしても体温のようなものを感じる。伊藤氏の仕事柄各地各所の食べものにかかわる文章を読んでも、ほっとするものを感じる。この「ほっと感」は、当然人柄からつたわるのだが、筆者から見ると「見せびらかし感」がないのである。

たとえば、神楽坂の○○で鮨を二つ三つつまんで帰宅、などという文章に接すると訳のわからぬ反感を覚える。鮨を二つ三つつまんで帰宅、は活字にしなくてもよい文章である。ああこんな文章を書いてしまうのも筆者が八十三歳になったからか、あるいは少年期の貧乏が、そう思わせるのであろうか。

さて、掲句だが「叱られにゆく」が何ともいい。あのいかつい不動明王にひざまずいて、すこしいい加減だった「今まで」を叱ってもらおうと考える。表現は軽妙だが、作者の誠実な心情がつたわるのだ。

遠藤若狭男、原雅子、横澤放川、伊藤伊那男、この四人を芯にして論を進めたが、彼らに通い合うものは「心」があるからだと思うに至った。

人間も八十余年やっていると、その人物、作品に心があるかないかが物指しになってしまう。

ひたすらに魂遊ぶ走馬灯　水見壽男

いきなり昭和十年生まれの俳人の作品を掲げたが、「心」を持っている俳句を求めている時に、この句に会ったのである。

人間が描いた走馬灯の絵の人間達が、浮世を想って、楽しげに遊んでいる。そのさんざめきも聞こえてくるようだ。このような俳句に「心」を感じると共に、つくづくと俳句は作者の心の投影と思うに至る。

人の世は虫の世よりもなほ淋し　長谷川　櫂

ふたたび、昭和二十年代の俳人の作品にもどるが、この俳句は、いっさいの仮定を超えた

「純真」な淋しさに満ちている。

あの淋しい虫音の世以上に人の世は淋しいと書く作者の内奥は、むしろ鋼のような淋しさに満ちている。この俳句を成した作者の「心」はむしろ意志的で屹立感を感じる。

第三十五回 「心」が欲しい

第四十五回原爆忌東京俳句大会が平成二十六年八月十日、港区田町の「専売ホール」で行われた。

当日は、のろい台風が勢力を強めて関東近辺をうかがう、といった天候だった。ここのところ必ず用事が重なり合って何年か出席できなかったので、今年は必ず出席すると決めていた。早目に家を出て会館に着いて落ち着く、こうした心づもりで家を出たのだが、それがみごとに裏目に出た。

田町駅で降りて歩きはじめてから、夜から降る筈の雨が滝のように降り出してきた。それは雨足というより雨滝と言った激しさだった。傘はもちろんさしていたが、その傘が雨風によって逆さに煽られる。ズボンの膝から下は川を渡ったように濡れて、当然すてこまで濡れて足にまとわりついていた。

この雨は台風の雨で長時間降ると思いこんでいたから一時雨宿り、という判断はまるで浮かんでこなかった。

それでもほんのすこし雨足が弱くなって、とにかく体を休ませよう、そんな思いでケンタッキーだかマクドナルドだかの店へ入った。

店内はまるで別世界だった。低い音楽が流れて若い女性が四、五人元気に喋っていた。

さっきの滝のような雨にもがいていた自分は何だったのだろう、そんなむなしさに襲われていたが、雨で濡れた身体の熱をクーラーがどんどん奪ってゆくようでコーヒー一杯と人工肉のハンバーガーをかじっても、すこしも身体の震えがとまらなかった。ふっと何やら啓示されたかのように視線を変えた時、「港」の衣川次郎、鈴木靖彦の二人の姿を見出した。その時、雨は上がっていて二人は筆者の呼びかけで店に入ってきた。その間も筆者の身体は店内のクーラーによって冷えこんできて歯の根も合わなくなっていた。

このままでは決して俳句作品の講評のようなことはできない。それよりも八十三歳の身に何かあったらまずい。結局衣川次郎と鈴木靖彦に私の状態を話して帰宅することに決めた。帰途の電車の中でも雨に濡れた服は鎧のように重くなって這うような状態で帰宅した。

こうして書いていていながらファストフード店で妙に印象的な人が視野の端、記憶の端に残っていて思いを深めるのである。

その人は、私がずぶ濡れでファストフード店へ入った時から外の景色が見える端の止り木の場でハンバーガーとフライドポテトを無表情でゆっくりと食べていた。七十歳代後半の感じで、ゆるやかなシャツと半ズボンそしてお洒落なサンダル履きだった。黒い服で雨に濡れて重くて、店のクーラーが寒くて、モタモタと上着を脱いで、うすい熱いコーヒーをせかせかと飲んで雨で冷えた身体をほぐしている私とは全く対照的に、その人はフライドポテトをゆっくりと無表情で食べていた。

人生の勝者と敗者、大袈裟だが、それを感じた。みじめな気持で雨に濡れた体をあたためるため人工肉のまずいハンバーガーを噛んでいる自分。

こうは書いても全くその人はその人なのであって何の観照も意味がないことは知っている。ただ、やはり同じ「後期高齢者」でたかだか五分位の一景だったが、もし私がこの人の立場だったらどうだったか。

「大変でしたね。濡れましたか」

私はこんな言葉を、その人にかけたかもしれない。いや、かけないかもしれない。所詮は「心」の問題であるから。

東日本大震災が起きて、テレビは公共のコマーシャルのみが、毎日映された時期があった。それは老いた人が階段を登る時、若者が体を支えていたコマーシャルで、つまり困難な場面は助け合う、そんな気持を日本全体が持ちはじめたのである。そのコマーシャルでは、「故郷」の小学唱歌のメロディが流れて、暗く沈んだ日本人の心に沁みこんだのである。

これらの記憶から、つくづく「心」の有り無しを、すべてに於て俳句上に於ても考えている。

まして高齢者は俳句を詠むにしても「デザイン」などは必要ないと思っている。「心」が必要なのである。

青図を引いたような俳句は若い人にまかせればよいと思っている。「心」を感じる、のっぴきならぬ俳世界を詠んでいきたい。

後始末に手を焼く原発梅雨入りせり　　細田伸子

作者はたしか九十三歳を越えている。このような年齢ともなれば、気持を波立てない花や小鳥等を詠んで世の事象に逆らわない自衛本能が働くのが普通だが、あえて、今いちばん「手に余っている」素材を詠む、という姿勢は、むしろ自分の身体の免疫力を強くするかもしれない。誰が、どうこれらの原発に対応するのか、一人も居ないかもしれない。この世紀末現象は国のトップが、いくらきれいごとを言っても三流四流国家の現象と考えてしまう。

物言はねばこの国傾ぐ巴里祭　　小池　溢

作者は八十五歳。

十五年戦争の只中に、加藤楸邨は、

蟇誰かものいへ声かぎり

と詠んで治安維持法下（今の特定秘密保護法案に似ている）、誰も何も言わなくなった時代の息苦しさを表わした。

　掲句は、この思いに通じる。誰も何も言えなくなった時、恐ろしい時代がくる。巴里祭の季語に一抹の救いが残るが、この季語にしてもヒトラーがパリに戦車で侵入してきた七十年以上も前のシーンを彷彿とさせる。


戦後とはマッカーサーのサングラス　　大西昭舟

　敗戦直後のことに印象的な一齣である。

　厚木飛行場にその人は降り立った。ダグラス・マッカーサー。敗戦した日本を統治するGHQの最高司令官として空襲で燃やされ尽くした日本の地へ降り立ったのである。

　サングラスとコーンパイプをくわえて悠然とも傲然ともした横顔を見せて降り立った。あの横顔を、八十三歳の筆者はいまだに忘れないでいる。その一シーンは掲句が示すとおり当時の日本人は恐れと一抹の期待感をもって見たのだった。

　作者も八十三歳、この俳句の述べるように戦後というのは、厚木飛行場にマッカーサーが降り立った時からはじまったのである。


生きてゐるうれしさにあり夏遍路　　伊藤俊二

作者は遍路を折々に行っている。胸中に何かを秘めての遍路行であるのだが、立ち入っては聞いていない。掲句の「生きてゐるうれしさ」の措辞は、気仙沼在住の作者があの大災害の日、辛うじて身を守った、という体験から至ったのであると考える。

生きているからこそ遍路ができる。作者は七十代後半、つくづくと「生きてゐる」実感とありがたさを噛みしめている。作者の「心」がさりげなく深く出ている。

「焼き直しでも棒読みでも、誰が聴こうと構わず、心こもらぬスピーチの味気なさ」この一文は八月十一日の「毎日新聞」夕刊のコラム欄「近事片々」の一節である。

こまかく書くと、首相が八月六日の広島で催された原爆にかかわる慰霊祭での挨拶文が、昨年の焼き直し、いわゆる「コピペ」だったことを述べているのだ。

生きながら焼かれ死んだ人達への文章が「コピペ」、どうにもやりきれぬ思いがする。

被 曝 村 氷 の 中 に 軍 手 あ り　　中嶋鬼谷

氷の中にとじこめられた軍手は、当然、そこで働いていた人の軍手であろう。さむざむと、しかし動くことなく氷の中に在る。これを使ってけなげに働いていた人の「心」を思わずにおれない。また、「軍手あり」の措辞が、作者の慟哭をも表わしている。心を感じる意味で忘れ得ぬ一句である。

第三十六回　行くと思いますか

「天塚」（木田千女主宰）平成二十六年七月号の表紙裏に、「戦争への道を許さない」と題した、木田千女氏の巻頭言が載っている。

　広島に原爆が投下された後、単身広島に行って、

　　流灯やひろしまの石みな仏

という句を詠んだ。

　そして巻頭言の終わりは、

「私には政治はむつかしい、それなら政府のままに……それが怖い。無知なもの、純粋な者ほどわからぬままに戦争へ入ってゆく、その現実がこわい。私なりにニュースを見、新聞を読み、本物の日本の流れに入りたい。九十年の生きのこり、俳人の私の本音なのです」

という文章で結んでいる。

九十歳代の俳人の言葉として心より共感した。戦争を思わすような法律が「一強」の政党によって強引に成立されてゆく。

この危うい現状を、いわば感性で生きている俳人であれば、仮にどう思われようとも表白する勇気を讃えたい気持でいる。

永訣の麦一寸に青みたり　中嶋鬼谷
富士といふ大埋火が雪の中　長谷川　櫂
ごまめ噛みこころもとなき国の末　原　雅子
書斎とて戦場春の砂袋　宮坂静生
生身魂銃後の虹を語りだす　秋尾　敏
見残しの　後の昭和よ　火打石　大井恒行
上の方暗くなりつつ春障子　岸本尚毅
揺れてこそ此の世の大地去年今年　高野ムツオ
権力の心地よき風君にも吹く　筑紫磐井
寒念仏津波砂漠を越えゆけり　照井　翠

これらの俳句は、すこしも生硬に詠んでいない。やわらかい感性で包みこむように詠んでいる。

中嶋句は、そのポリシーが、中村草田男句に通い合うものがある。「永訣」は考えさせる言葉で、一句の内容を深くさせている。「永訣の麦」であるからこそ「一寸に青み」てきたという発見は、省略が効いている分、共感させる力は強い。

長谷川句は機知の効いた写生句。「大埋火」と比喩した点は、やはり作者の力量の強さを示している。深く読むと、よくも「大埋火」という比喩がひらめいたと共感するばかりである。

原句は時代を見つめた現代の危機意識が示されている。まさに、「こころもとなき国の末」とはっきりと言える。こうした国を想う心は忘れてはならぬものがある。

宮坂句の書斎を戦場とした句意は、じつによくわかる。現代俳句協会会長として寸分の休みもなしに働いている作者であるだけに、こうした素朴な表現は胸に沁みこむ。

秋尾句は、「銃後」という「動」のイメージと「虹」という「静」のイメージ、それを戦争を体験したであろう生身魂が語っている。その高齢者は平和な虹の尊さを訥々と語ったのであろう。

大井句も、時代の残滓がいまだはっきりされていない、言い換えれば時代の権力者がはっきりさせなかった「闇」の部分に光を当てているようだ。「火打石」の古風さが、むしろ強い意味を引き出している。

岸本句は一読古風な趣きを見せるが、それだけに、のっぴきならぬ写生の力を見せている。よくもこのように写生したと思うばかりである。

高野句は東日本大震災の体験からすこし逆説的に表現して、それが別種の恐怖感を表わしている。日本国は海の上の島、それをつくづく実感させている。

筑紫句はまことに痛快な一句となっている。まさに権力の風は心地よいものであろう。戦争の準備が平和のため、というロジックを成立させるからである。

照井句はどこか時空を超えたシュールな趣きがある。中七の「津波砂漠」という措辞である。津波によって砂漠のようになった土地、との解釈ができるが、掲句のように四字熟語で表現されると、むしろ意志的にひびいて心地がよい。

働き盛りの世代の俳人の句を鑑賞して一種のエネルギーをさずかった気がした。

たしかに高齢者にありがちな「敗北感」は全くないのである。この目の前の対象や現象を、いかにしてしっかりとした骨格で詠むかに心が注がれているかを感じとることができた。

さて、こうした中高年者より二十歳、三十歳も上に金子兜太という「山」のような俳人が居る。

氏は、平成二十六年九月八日の「東京新聞」で、このように述べている。

「今や、社会のことを俳句に詠むのは特別なことじゃない。そういうふうに自由に俳句が発表できる環境はとても大切。今回の掲載拒否が前例になれば、一般の人たちのごく普通の作品が、次々に（社会から）つまみ出されてしまうことになりかねない。市教委が今後も『梅雨空……』の句を掲載しないのであれば、掲載拒否が前例にされないよう求めていくことが大切だ」

この「掲載拒否」とは、〈梅雨空に『九条守れ』の女性デモ〉と詠んだ俳句を、さいたま市の三橋公民館が拒否したことである。「掲載拒否は『言葉狩り』」という見出しがついている。事実に起きたことを俳句に詠む、それを何らかの当局の眼を恐れて、掲載拒否をするというのは、〝働かない遊ばない〟という公務員の事勿れ主義を余すところなく表わしている。

何も知らされず破滅的な十五年戦争へみちびかれた日本国民の悲劇を、再びくり返していい筈がない。改めて金子兜太というかけがえのない存在を、俳人達は知っておかなければならないであろう。

その金子兜太の心からと思える言葉を掲げる。「俳句」平成二十六年一月号からである。

「角川書店刊『証言・昭和の俳句』上下二巻（平成十四年）に眼を通す機会があって、お前は『戦後俳句』を語り通すことを忘れていたな、と自分を叱る始末だった。担い手の大方が死んでいる。お前が語れ。但し『前衛』なんていう気障なことばは止めろ、と」

年頭の所感文であるけれども、氏の、ずっと胸中に占めていた所感とも感じとれる。ことに「担い手の大方が死んでいる」は、生者の宿命と併せ考える時ことに身に沁みるものがある。

その欄の七句発表中の一句、

青春の「十五年戦争」の狐火

は、心ならずも戦争の惨禍、社会の不条理を積極的に詠まなかったかもしれぬ自分を「狐火」という、おどろおどろしい季語で述べている点、金子兜太の良心の「悔い」さえ感じられて、やはり金子兜太は「山」なのであると思ったことである。

さて、「俳句界」平成二十六年十月号に「魅惑の俳人」という主題で横山房子が特集されている。句セレクションから寺井谷子のインタビューと横山房子の全身像が浮き彫りにされているが、集中一句鑑賞として、

南風の港の昼に今日も来ぬ

を姜琪東氏が採り上げて、「『昼の港に』ではなく『港の昼に』と表現しているところに才能の片鱗がうかがえる」と述べていたが、全く同感、こう述べるだけで、エッセイが何枚も書けるほどの倦怠感、さびしさがつたわるからである。「港の昼」でなくてはならぬと深く首肯するのだ。

先日、所用でバスに乗っていた時、停留所で、老婦人らしい声で、「このバスは大田文化の森へ行くと思いますか」という声を聞いた。すると運転手が「はい、思います」と答えた。その、何とも言えぬのどかな「やりとり」、ことに運転手の「はい、思います」には、はんなりとゆっくりとした春風のような思いをした。

うれしかった。

第三十七回　命の重み

「俳句界」平成二十六年八月号で「命の重み〝絶句〟を読む」と題した特集があった。「あった」と書くのは、決定的に重い主題の特集を、すぐ採り上げられなかった悔いゆえの「あった」である。

目の前の仕事を払いのけるようにして、読みふけった「その刻」を今改めて思い出している。その特集は、まず坂口昌弘、橋本直、今泉康弘の当代きっての論客が、「絶句」の意味を論じて、次は故人別に、鳥井保和が山口誓子、鈴木直充が久保田万太郎、稲田眸子が高野素十、鈴木しげをが石田波郷、根岸善雄が福永耕二、池田澄子が三橋敏雄、南十二国が藤田湘子、上野一孝が森澄雄、三浦晴子が村越化石、それぞれの絶句について敬虔とも言える文を紡いでいる。

「絶句」と書くと、文字通り、次の言葉が出てこない、こわばった感じがする。現実的にも病が篤くなって息も継げぬ苦しさの日々にあって季語の入った十七音が詠めるのか、という小児病的な疑問が湧く。

それでも長時間の病気とたたかっている時でも、ふとつぶやきのような本当の言葉がこぼれる時がある。そんな「つぶやき」を「絶句」と考えるには、あまりにも括った思考となる。

とりあえず病気をしていない筆者にとっては、藤田湘子の、

死ぬ朝は野にあかがねの鐘鳴らむ

が、もっとも五感的にわかる。

この句には、あの、したり顔をした季語がない。あるのは、カリオンがいっせいに鳴り出したかのような解放感である。

もう死んだから死への恐怖がない。それこそ、何十年も前にナチスから解放されたパリ市民のような純粋な喜びがあるだけである。いかにも藤田湘子ならではの主知的な俳句であると言える。

藤田湘子が晩年の頃に筆者が横浜に句会があって、バスの中から、バス停にちょこんと坐ってバスを待っている藤田湘子の姿を見たことがある。

洒落た帽子をかぶって文庫本に目を落していた姿が印象的だった。加えて書けば、やはりかなり前の俳壇の集まりで氏に挨拶した時、「大牧さん、あんたは雑誌を持ってから句がおもしろくなくなったよ」と言われた。

氏の言われた意味はすぐわかった。一誌を持ったからといってバランスのよい俳句は詠むな、氏はそう言ったのである。

氏の見識の高さを、その時つくづくと実感したのだった。上五を読めば、もうすべてがわかってしまうような軽い俳句は、死んでも詠むまいと思っているからである。

さて、「爽樹」十一月号で小澤克己氏の絶句に近い俳句があることを知った。

平成二十二年八月号の「遠嶺」より掲げる。

春の闇癌病棟にわれひとり
死期近き序曲や春の鳥さわぐ
陥つた気分は春の蟻地獄
なほ生きむなほも生きむと緑立つ
人は死へ急ぐ西行櫻かな

死への怖れが綴られている。

さし迫った死の予感に怯えながらも「詩」に必要な言葉の斡旋を忘れずに氏らしい五句となっている。

氏とは「沖」の同人仲間として齢の差を意識せずにさまざまな場面で言葉を交わしている。

体調がよくない、その程度の情報で日々を過ごしていたから逝去の報におどろいたのであった。

「俳句界」八月号の特集から筆者の近くにあった、かけがえのない訃報のことにペンが及んだが、改めてペンをもどすと、この特集記事が、「一度はくる」死のために、まがりなりにも俳人の端に居る一人として、いつまでもこだわっていたい特集であった。

そのこだわりの流れとして、筆者個人の忘れ得ぬ体験を書いてみたい。

筆者が、ほぼ十二年前に大腸癌で入院して手術の前日の朝の（まだ未明だった）ことである。当然、眠りの浅い目覚めであり病棟内がしんとしていた。そんな空気の中、おとうさん起きて、起きてってばお父さん、という女性の声が聞こえてきた。まだ未明の空気の中、同棟の人は当然その声を聞いていた筈だった。

時間にして四、五分だったろうか、その女性の声は消えた。命の灯が消えたのだろうか。おとうさん起きて、起きてってばお父さん、その痛切な声を、筆者は忘れられないでいる。

翌日の手術の日、車椅子に乗せられて手術室に入る時、私は右手を上げて、家族や結社の人に挨拶した。残された人に、あのような悲しい思いはさせない。手術室のドアが閉った時、そう思っていた。

さて、この稿は十二月号の稿、いよいよ去年今年となる。

で、平成二十六年一月号に俳人達が発表した俳句を掲げてみる。「俳句界」からである。ちなみに「俳句界」は投句欄選者十九名を十句ずつ掲載している。その十句から、独断と偏見などという妙に自虐的で決まりきったフレーズではなく、一生懸命澄んだ公正な眼で掲げさせて頂く。

父につき若水汲みに行きし日や　有馬朗人
元日も日暮れ手櫛に髪の冷え　池田澄子
木枯や力つくせと母のこゑ　伊藤通明
年迎ふ本尊盗まれたる寺も　茨木和生
朴落葉共に見し師のすでに亡し　大串　章
元日の渡らぬ橋の暮れにけり　角川春樹
初泣の吾や西行泣かざりき　辻　桃子
雪のきて雑木ながらと名のりゐる　豊田都峰
いきいきと墓がかがやく山の冬　宮坂静生
切干や昼をまはれば日がまぶし　山本洋子
年酒酌み戦なき世を誓ふわれ　大高霧海
帰り花誤算ときたまおもしろし　佐藤麻績
三・一一後ナチスに学ぶ人も出る　田中　陽
木枯や鐘撞き終へし僧とゐて　名和未知男

時雨過ぎ草木に光残しけり　山下美典
わが羽のいたみ激しく寒波くる　岸本マチ子
寄する波に底力あり大旦　石井いさお
あるはずの五万米を探す昼下り　朝妻　力
熊胆の赤き一包しぐれ来る　山尾玉藻

十九人の俳句百九十句を丁寧に読んだ。八十三歳の体力で、かなりきびしかった。達人級の俳句には独特のエネルギーが内蔵しているからである。老軀に鞭打って感じたことを書く。

有馬句の下五の「や」の詠嘆は、昭和初期のなつかしさがにじみ出ている。その時汲んだ若水のつめたさは生涯忘れ得ぬものであろう。池田句の「髪の冷え」は元日という特別日の感慨がさりげなく詠まれていて深い。伊藤句は療養句であり「母」への回帰に胸が迫る。茨木句はなるほどと思わせる郷土色が心地よい。大串句の師への追慕の思いが大きな朴落葉でこめられている。角川句は元日のさびしさが正攻法で詠まれている。辻句はユニークな発想、「西行」がむしろなじんでいる。豊田句の一種の擬人法が納得させる。宮坂句は彼岸の地が決して暗いばかりではないという発見が読者に救いを与える。山本句は健康な生活感が表現どおりまぶしくつたわる。大高句はまっとうな市井人の心情が出ている。佐藤句は人間である以上、誤算もあると、あっけらかんがいい。田中句は現在の国の危うい空気感を詠んでいて共感する。名和句はしんかんとした冬の一日がつたわる。山下句の丁寧な写生に惹かれる。岸本句の一人称俳句は身に沁みる。石井句は自然の底力に改めて納得させられるものがある。朝妻句は日常性を超えた俳味。山尾句はなまなましさと、自然の営みの対照が鮮やかである。

山に金太郎野に金次郎予は昼寝　三橋敏雄

三橋敏雄がうすうすと「死」を予感した時の句と考えられるが、昼寝というくつろぎの行為が「死」に至ることは至福に近いのではあるまいか。そう思っている。

第三十八回　一月の山

今さら富士山のことを書くか、と思われそうだが、ふと気がつくと、この稿は一月号の稿になる。

なぜ、富士山のことを書くのか、それは少年時代に戦争が終わってすぐに、東海道線に乗って、車窓から富士山をまのあたりにしたことを思い出したからである。それはまるで映画の大場面だった。息を呑んで何秒間か何分間か、富士山の威容に言葉をなくしていた。

その富士山にかかわる記事を「俳句界」の平成二十六年一月号で特集している。特集後一年が経つが、富士山そのものは永遠であるので、もう一度鑑賞させて頂く。

その特集は「わが郷土の富士を詠む」という柱で、十三人の俳人による、それぞれの郷土の富士を詠んだ俳句三句と小エッセイ、そして写真も掲げられている。

改めて、三句中の一句を掲げる。

利尻富士（北海道・利尻山）

元朝の利尻富士たり日の丸も　依田明倫

津軽富士（青森・岩木山）

春浅しひとり孤高の津軽富士　新谷ひろし

南部富士（岩手・岩手山）

秋澄むや石刃めきし南部富士　白濱一羊

出羽富士（秋田／山形・鳥海山）

鳥海山の海に置く影ちんぐるま　阿部月山子

榛名富士（群馬・榛名山）

深霧や瞬時に隠る榛名富士　吉田未灰

富士山（静岡／山梨）

真青なる空に初富士かくれなし　米山潤三

加賀富士（石川／岐阜・白山）

白山は雪被て友禅流し映ゆ　千田一路

若狭富士（福井／京都・青葉山）

しぐるるや若狭のはての若狭富士　遠藤若狭男

近江富士（滋賀・三上山）

近江にも低き富士あり初御空　古賀しぐれ

伯耆富士（鳥取・大山）
海晴るる日はかがやかに雪の岳　長島衣伊子

讃岐富士（香川・飯野山）
讃岐富士東にみゆる手毬唄　涼野海音

豊後富士（大分・由布岳）
由布岳の見ゆる日だまり若菜摘む　秋篠光広

薩摩富士（鹿児島・開聞岳）
鷹去って肩を緩めし薩摩富士　淵脇　護

どの俳句も存在感をたしかにする強さ・しなやかさがあって、各地の富士山が眼の前に現れていた。

それぞれに小エッセイが載せてあるが、もっとも印象的なフレーズを抽き書きする。

（前略）春迄代用教員の稼ぎを得た。家から何度か電話があった。晴れた日には目の前に銀白の利尻富士があり、こころがやすらいだ。（依田明倫）

津軽富士は津軽の人間にとっては思いの深い山である。私は一度だけ河野南畦師と登った。（新谷ひろし）

四季折々、哀しいにつけ、嬉しいにつけ、我々は岩手山を仰ぐのだ。（白濱一羊）

映画『おくりびと』では、鳥海山の美しさが映画を盛上げた。（中略）影鳥海や元滝などの名水と興味の尽きない山である。（阿部月山子）

四十五年も前の事になるが、榛名富士から遠くそびゆる富士山を眺望したときの感動は終生忘れることはないだろう。（吉田未灰）

やっぱり日本一の山。これからも、時間・空間を変えながら、〝富嶽百景〟を楽しみたい。（米山潤三）

私の住む能登から海を隔てて北アルプスは望めるが、白山は旅の目でしか触れられない。だが常に心の拠り所となっている身近な故郷の山ではある。（千田一路）

今もときどき（『若狭路』と題した写真集）開いて見るが、いつ見てもまだ電子力発電所の一基もなかった頃の若狭ののどかで優しい風景が心にしみる。（遠藤若狭男）

琵琶湖から穏やかに立上がる近江富士。故郷近江の小さくはあるが美しい富士の山である。（古賀しぐれ）

（前略）大山は、四季を通じ多くの登山客を魅了する。（中略）青い日本海・中国山地の山々を一望のもとに見下ろせた感動が鮮やかに残っている。（長島衣伊子）

私は句会へ行く前に丸亀城から、よくこの山を眺める。この山をみていると不思議と心が安らぐ。（涼野海音）

豊後富士と呼ばれる由布岳は、一五八四メートルと決して高くない山にもかかわらず、その容姿は自ずから気品の漂う秀峰である。（秋篠光広）

薩摩富士は（中略）山容が美しく、古来霊山として信仰を集め、北麓に鎮座する枚聞神社の神体山とされた。（淵脇　護）

どの文章も故郷の山を愛している、いとおしんでいる。その山を「富士」という名を冠して、より愛着度を濃くしている。日本人の山岳信仰意識の表われであろう。山に囲まれた生活、朝夕に山脈を眺められる生活は気持に安定感が出よう。逆に言えば、筆者の住んでいるマンションからは、四角いビルばかりですこしも気持がなじまない。

ただひとつの救いは、ベランダに出ると、西方の果てに、空気が澄んでいると富士山が見えることがある。その時は、子供のようになって、しばらく遠い遠い富士山を眺めている。それほどの「富士山」なのである。

頂上や殊に野菊の吹かれ居り　　原　石鼎

山の俳句を思う時、まっさきに思う俳句である。山俳句につきものの、でき上がった言葉ではなく可憐な野菊に焦点を絞っている。野菊が、頂上でさえ吹きすさぶ「世の風」に必死に耐えている。「吹かれ居り」の写生表現によって「必死」に風に耐えている様子が鮮やかに迫る。

冬山のふかき襞かなこころの翳　　飯田龍太

冬山はこの句のように思索的である。真白な雪をかぶった神々しいまでの冬山にも地崩れと思われる深い襞がある。傷のように。

その深い襞に、神のような山にも傷み、挫折があるのだと感じ、人間的な親しみを覚える。石鼎句も龍太句も、そびえ立つ山を詠んでいながら、ふっと人生の隙間に感じるさみしさや喜ばしさがある。

私ごとの文章になってしまうが、私の母は貧乏で大家族の生計を立てるのに必死で、六十年の生涯が終わるまで「富士山」を「見て」いなかった。逝く一年位前に町内旅行会に参加して、東海道線沿線の富士山を見た。「きれいだった、本当にきれいだった」と、病床でよくつぶやいていた。おそらく、この世のものではない美しさに圧倒されたのであろう。

昭和二十四年、一生貧乏だった母は逝った。死の寸前、あの富士山の姿が眼前に大きく現れたのだろうか。そうであって欲しいと思っている。

山あらば山見るものを懐手　　大牧　広

日々強く思うことは、この句の内容そのものである。マンションの十二階からの世界は、おおかたは四角い高いビルばかりで、気持をすこしもなだらかにしない。

山のしづかさへしづかなる雨　　　種田山頭火

昭和十一年、福井県での作。

昭和十五年に山頭火は逝ったから殆ど晩年の作と考えてよいのであろう。遠く眺める山はひたすらしずか、そしてしずかな雨は浄土の雨とも考えられる。山と山頭火は、すでにひとつになっている。此岸でも彼岸でもいい。現世の人間がひとしく望みたい境地である。

私はふとひたすら山頭火のように、ちちははのような山を仰ぎたい。どれだけ心がなごむであろう。そんなことを考えながらマンションのベランダの十二階から街のはるかを見下ろしていた。あのお爺ちゃん、ずっと立っているね、という幼児の声を聞くまでは。

第三十九回　うごけば、寒い

うごけば、寒い　　橋本夢道

橋本夢道が昭和十六年に俳句弾圧事件で投獄されている間に詠んだ句とされている。この句は千葉県市川市の総武霊園の氏の墓石に刻まれている。

この七字に限りない思いが秘められている。あえて、この句に至った当時の環境を考えてみる。場所は獄中、妻が布団の中に紙石板を隠して差し入れ、そこに三百句もの俳句を書いた。その中の一句とされている。

うごけば、寒い

気温が零下に下がっても毛布かうすい布団しかまとうことができない寒さ、すこしでも動けばその隙間から氷のような寒さが襲ってくる。

この寒さは時代の寒さ、ファシズムの寒さともいえるであろう。貧国強兵、貧民強兵による弱い一般庶民への政治の冷酷な寒さともいえよう。

橋本夢道は、この句の他にも、

渡満部隊をぶち込んでぐつとのめり出した動輪
無礼なる妻よ毎日馬鹿げたものを食わしむ
ふるい泥鰌やが生きていてどじょうやでござい
戦争よあるな路地さみだれて鯖食う家

俳句の道にたずさわって六十年は経っているが、いまだに、何をどう詠めばよいのか、迷う時が多い。

そのような時、橋本夢道句のような、呼吸感の深い俳句に接すると、「約束の箍」がみるみるはずれて、もっと自由に詠んでいいのだと思うのである。自由に詠んでいいのだが、やはり水平思考の立ち位置で詠みたい。筆者の場合、自由に詠む、ということはラディカルに詠む、ということに至るようだ。

今どきラディカルに詠む、というのは時代錯誤かもしれない。こう書いていて、四十年以上も前に同じ結社の俳人と論議を交わしたことがあったのを思い出した。

たしか社会性俳句の話になった時、やはり社会を考察した俳句は必要であると述べたら、もうそうした俳句はアナクロだ、と嘲笑めいて言われた。ライトヴァース、軽みが俳句の本流だともその人は得々として語っていたことを覚えている。

それはそれでよいが、俳句を詠む時の呼吸感は、それが短行詩的であれ、ながながした表現であれ、そのことを否定も肯定もせずに自由に詠みたくなるのである。

これが高齢者俳人の心の声のような気がする。

けふは凩のはがき一枚　種田山頭火
無産階級の山茶花べたべた咲くに任す　中塚一碧楼
雨の冬帽置くその人をかこむ夜なり　古沢太穂
咳をしても一人　尾崎放哉
鮟鱇を煮るにも痩せて書淫の手　石川桂郎

こんなふうに自在な考えで詠みたい、という句を抽いた。

これらの句には自由がある。孤独をいとしむ心があり社会の歪みを正したいという目があり書淫無頼の目がある。孤独を楽しみたい時は楽しみ、歪んだ社会を憎みたい時は憎しみの句を詠めばいい。

そんな気持で詠むにしても、すこしでも貧者（実際に生活に困っている人）への励ましの表現が欲しい。それが大きな変化に遭わず「高齢者」になることができた義務のような気がする。

八十四年経っても忘れることのできない一シーンがある。

もう六十年以上も前、筆者が二十代の時、勤務先の社員達で一泊の旅行をした。場所は「湯河原」だった。お決まりの夜の宴会が終わって、玄関に置いてある椅子で一休みした時、「流し」の人が玄関に立った。

二人連れの男の親子で、父親は中年で子供は小学校四年位だったろうか。父親のギターで、当時流行っていた三橋美智也の「おんな船頭唄」を歌いはじめた。

澄んだ高音のよい声だった。「うれしがらせて泣かせて消えた」。このような歌詞の意味もわからずに、その少年は一点を見つめて歌いつづけた。あの澄んだ高音ならではのさびしい「おとな」の唄を少年は歌っていた。

湯河原の温泉旅館の大玄関の前で、生活のために歌っていた少年、うつむいてギターを弾いていた父、その一シーンは傷のように心に残っている。

あの少年はもう孫が居る齢になった筈、それとも、などといまだにその少年を思っている。

なぜこんな感傷的なことを書くか。筆者がもう齢だからと括ることは容易だが、やはり筆者の決して豊かでなかった半生が書かせたのかもしれない。

さて、こうして机にしがみついている日は十二月、衆議院選挙が示された日である。七百億円も税金を使っての選挙の大義は、ひたすら保身のためとしか思えない。

ここで慶應義塾大学名誉教授小林節氏の発言をとり上げたい。ちなみに、氏は「改憲論者」

で著名な学者である。

「経済大国の日本が実に70年も戦争をしないという事実です。こんな国は世界の歴史上ありません。9条があるからです。誇っていい日本の『新しい国柄』です。（中略）しかし集団的自衛権で『米軍の2軍』になったら（戦争の）『止め男』の資格はなくなります。それどころか、東京でもテロが起きる可能性が一層高まります」

と述べている。

七十年戦争がなかったということは、戦争を知らぬ人がこの国の舵を握っていることになる。心の底から寒気を覚えずにはいられない。

十二月八日の霜の屋根幾万　加藤楸邨
軍隊の近づく音や秋風裡　中村草田男
海に出て木枯帰るところなし　山口誓子
雁や残るものみな美しき　石田波郷
夜学生よ君には戦闘帽よりないのか　石橋辰之助
おびたゞしき靴跡雪に印し征けり　澤木欣一

どの句も太平洋戦争前夜の作と思われる。

これらの句の底に漂う厭戦感には心を刺すものがある。戦争に行く、ということは当時の日本の軍隊では死にゆくことと同義語だからである。そして、そのことをあからさまに表現すれば、特高にひっぱられて、小林多喜二のように拷問される。

これらの過去に似た空気が、うすうすと今たしかに立ちこめている。この現実を戦争体験している高齢者俳人は、つたえていかねばならず義務を果たさなければならぬと考えている。

ひ そ ひ そ と 雲 集 ま り し 終 戦 日　　大牧 広

この句の原点は昭和二十年八月七日朝での所見である。八月六日に原子爆弾が広島に落された。当時は新型爆弾と新聞は報じていて、広島市が損害を受けた、とだけ報じられた。そして、白い布をかぶって地面に伏せていれば被害は避けられると、図入りでまじめに新聞の片隅に記事が載せられていた。

当然「上」の方では原子爆弾であると知っていて、市民が本当のことをささやき話していると、特高や警察の私服に、どんどんしょっぴかれていった、という話を小声でおとな達はささやいていた。

その状態が「ひそひそと」という表現に至らせたのである。恐怖政治下の日本だった。今、これに似た法案が施行されようとしている。日本も某国のように恐怖政治国家になるのだろうか。せめて後何十年も生きられない高齢者俳人は俳句作品で阻止せねばなるまい。

第四十回　子も手打つ

ああ弥生ばらまかれたる焼夷弾
空襲忌川面に波の立ち上り
青空でなくてはならぬ空襲忌
戦中は空のみ浄しつくしんぼ
三月やわれらを焼きし焼夷弾

大牧　広

昭和二十年三月、東京・荏原区（現・品川区）に住んでいたわが家が焼夷弾で焼き払われた。

わが家といっても強制疎開に遭って追われて住みついた借家であった。「強制疎開」、これは国が行政を通じて、学校や工場を囲むように住んでいる住宅を取り壊して空地にして、空襲を受けた学校や工場の消火活動や延焼を防ぐという単純な考えによって実施されたのである。

その指定を受ければ一言の反対も許されず容赦なく、その家は壊されていった。頑丈な造りの家に対しては、狩り出されたおとな達が綱をかけて、まるで楽しい仕事でもするように、掛声をかけて綱をひっぱるのである。

壊されてゆくその家は悲鳴とも呻きともつかぬ音を立てて土埃を立てて崩れてゆく。

三月の空風の吹きすさぶ中での、その作業は、十四歳だった少年の私の眼に荒涼とも無惨ともいえぬ灰色の記憶として、いまだに目の底に、ありありと残っている。そんな、今思えば幼稚な防空防火対策を嘲笑するかのように、B29は、風上から雨のように焼夷弾を落して、焼き尽くして去っていくのである。

あの焼夷弾の音と色は、いまだに覚えている。赤と黄色の色である。「紅蓮」などという古風な言葉、そのままの色だった。その炎が狂ったように木の天井を焼こうとしていた。それから先は、母と姉と私は三人で逃げた。歩いて歩いているうちに夜が明けた。

夜が明けて見た（感じたと言ってもよい）ものは、まだ焼かれくすぶっている臭いと、なま暖かい風だけだった。いつ空襲を受けるかという思いは、当時の日本人庶民の気持であった。ようやく空襲を受けて佇んでいる十四歳の私は虚脱感と不思議な免責感を味わっていた。

そして、四年前三月の東日本大震災、やはり三月だった。

テレビ画面で見たどす黒い津波、無機的な黒灰色の波が無表情に家々を呑み壊し流れてゆく。七十年は赤と黄のヒステリックな色だったが、大震災の時の波は鉛色だった。

三月十一日以降の海を信じない　　大牧　広
国難やひそと慄へし辛夷の芽
被災地に無情非情の春の雪
「がんばろう日本」燕がやって来る
木の芽こぞりて大丈夫日本人
ランドセルが哀しい春でありにけり

絶望的な色合であっても、どこか希望の彩を感じる。自然が起こした災害と戦争の災害、同じ絶望であっても前者には憎悪の色彩はない。日本人を一人でも多く焼き殺してやろうという憎悪の思いは無いのだ。

この点を高齢者と若い人の俳句に移し替えて考えてみる。

花守と仰ぎし空の大きさよ　　仙田洋子
春泥のわらべのかたち掻き抱く　　小原啄葉

仙田句は大きな空を仰いでいる。花守と大きな空を背景にした桜を全身で仰いでいる。そこには将来への夢や希望がいっぱいあり心がふくらんでいる。

小原句は、東日本大震災の折の句であろう。「わらべのかたち」が痛切で説得力がある。おそらく童児の泥にまみれた遺体であったのか。

仙田句は空を仰いで小原句は視線を落としている。年齢がそのように詠ませるのだが、それが、ごく自然体で二句共それぞれの齢に順応している。

探梅に気放つ一枝あればよし　　大高　翔

沖縄六月回りつづける換気扇　　柿本多映

年齢は明らかに差はあるけれども「気」を感じる二句として掲げた。大高句は単なる趣味的な探梅でない意志がつたわる。探梅という行為は、まさに日本的な囲いの中で行われるもので意志の力はつたわりにくい。その上で「気放つ一枝あればよし」ときっぱり詠み上げた表現は作者自身の存在感が鮮明となっている。

柿本句は「沖縄六月」が焦点となる。六月はさわやかな季節であるけれども、現実の沖縄は知事が変わって政権の「いやがらせ」という子供っぽいことが行われている。決してさわやかではなく、換気扇が、むしろノイズのように回りつづけている。

二句共前を向いて詠んでいるが、おのずと陰翳の影はちがっている。その差は、「来し方」の差であって比較するべき質のものではない。

白息の祖母竹槍を手に整列　　関　悦史

青春の「十五年戦争」の狐火　　金子兜太

四十六歳と九十六歳、五十歳の差を持つ二作。

あえて、戦争にかかわった二作を挙げた。関句は祖母が口にしていた戦中の竹槍訓練のことである。「原子爆弾」対「竹槍」、それが十五年戦争の実相である。当時の日本国は、本気で日本本土に上陸してきた連合軍と竹槍で交戦しようと考えていた。その目的のための竹槍訓練、和服を直した「もんぺ」を穿いて竹槍で敵を殺す訓練をしていた様子を新聞や軍部検閲のニュース映画で見た。中には芸妓連中がその竹槍訓練をしている様子が目に残っていて忘れられない。

金子句の狐火の季語は、あの悪夢とも妖怪とも感じられる軍部や政権の様子を象徴的に述べたのであろう。金子兜太がトラック島で体験した苛酷な日々、今思えば、この世のできごととは思えない、いわば「狐火」のようなものであったとする句意である。「狐火」という次元のちがう世界を表現する「齢」の手柄ともいえよう。

表現内容を象徴する季語の斡旋は齢に比例して純粋に結晶度が変わってゆく。その意味で兜太句は詩的な結晶を果したといえる。こうした青年層と高年層の俳句上の詩的な季語の把握の差を述べたが、やはり、もうひとつ今日性を示す俳句を、高齢者は示すべきであると考える。「今日性の俳句」、そのことを具体的に書いてみる。

それは「ＮＨＫ」の特集番組であったか、日記を繰ってみてもはっきりしないが、家の貧困のため育ち盛りの子供が腹いっぱい食べることができない実状の特集であった。

ごはんは自由におかわりできない、おかずはテーブルの上に一皿ほどが載っている。子供達は、ごはんのおかわりをしたくともできず、何やらの汁の実を箸でつまみ出して食べようとしている。パートの片親の収入から家賃や光熱費を支払うと、現金が殆ど残らない。子供達に充分な量の食事が与えられないのである。

飽食の世と言われ現実性のとぼしい料理番組が一日たりともテレビに映らぬ日がない昨今、この特集を筆者は言葉もなく呆然と見ていた。その特集番組が「上」の方から十二月衆議院選挙の前に放映を禁止された、ということを新聞で知った。すると国営テレビ放送は、放映の可否を、その都度「上」に決めて貰っているのだろうか。そう思わざるを得ないのである。これからさほど長くは生きられない私を含めた高齢者俳人は、こうした悲しい現実をまっすぐに見て俳句を詠みたいと思っている。

子も手うつ冬夜北ぐにの魚とる歌　　古沢太穂

この句のような逞しい「子供」を守り育てる元気の出る俳句を、高齢者俳人は残して行きたい、そう思っている。

第四十一回　『他界』から

金子兜太氏が『他界』（講談社）という本を上梓した。

「他界」、怯んでしまう書名だが、誰もが向かう他界、そんな思いを下敷にして頁をめくってゆくと、金子兜太氏の体温と言ってよいあたたかさがつたわってきて、一気に読み進んでいった。

「『他界』は忘れ得ぬ記憶、故郷――。なにも怖がることはない。あの世には懐かしい人たちが待っている」

が表表紙の帯文、そして裏表紙の帯には、

「肉体は消えても大丈夫。いのちは死にません」「他界して、いのちはあの世に移ってゆく」「そこには女房も、おやじも、おふくろも、親しい友も、みんないる」「他界はある、きっとある‼」

と綴られている。

はじめこの本を手にして表裏の帯文を読んだ時、何ともいえぬ安堵感につつまれた。

自分が尊敬している金子兜太氏のこれらの帯文は、生者の人の言葉であるが、充分に「彼岸」とは、そのような世界なのかと思わせる、磁力に満ちた文章であったからである。

その一部分を書く。

朝はじまる海へ突込む鷗の死　兜太

そして神戸に移ってきて三年、ようやく俳句専念でいくと意思決定したときの句です。神戸港の埠頭で鷗が魚を獲るため海に突っ込んで行く姿を目撃したとき、トラック島で、零戦が撃墜されて海へ墜ちていく姿とぴったり重なりました。鷗は生きるため海へ、零戦に搭乗した兵士は死して海へ。そして自分は……。


この句は切味のよさが抜群であるため、単に鷗の死を詠んだ前衛句であると思っていたが特攻の死をにじませてあることは知らずに居た。自解文を読んで、はじめて特攻機の最後を詠んだ句と知った。

この文章の思い入れは、文末の「そして自分は……」の言葉のつまった部分にあり、読んでいた筆者も共に絶句にひとしい「……」となった。

「他界」は忘れ得ぬ記憶、故郷、と書く金子兜太とほぼ同年齢の俳人の作品を鑑賞する。鑑賞することによって、ほぼ一回りほどちがう先達の俳句を通して、筆者なりの俳句の平準化が得られるのではないかと思うからである。

たつぷりと水穂孕む夜の田を信ず　　相原左義長

作者は大正十五年生まれ。八十九歳。

「夜の田を信ず」で、日本人がかつて農耕民族だったという土着の心を知ることができる。「たつぷり」「信ず」、こうした建設的な措辞に心から同感する。原点としての日本人の「米」、この言葉から思いをつなぐと、おおらかな気持になるし、現在の「せかせか」とした政治や社会から距離を置くことができる。

昭和一桁生まれの筆者の「せかせか」が、たしなめられた心地がする。

富士山の日や白魚が掌に躍る　　関野星夜

作者は大正十一年生まれ。九十三歳。

雄渾と繊細の表現によって、すぐれた日本画に向かう心持になる。聞くところによると、朝に目が覚めると、富士山が視野に大きく入るという他県民には信じられない日々を送っているらしい。さて、てのひらの上で生命力をもて余すように跳ねて躍っている白魚、その感触に十も二十も若返ってくるようだ。霊峰富士山の大きさと、小さな「命」の対照は圧倒的な感動をもたらす。それもこれも九十歳翁のてのひらからもたらされた感動である。

睡蓮を見てモネ思ふそれも陳腐　後藤比奈夫

作者は大正六年生まれ。九十八歳。まさにまぶしい黄金年齢である。

掲句の句意は、若者や青年の論理でありその表現や句意のみずみずしさにおどろく。「モネの睡蓮」は名絵画として世界中に通っている。であるからこそ、睡蓮を見て、モネを思うのは、もう充分に陳腐であると述べる。この「当り前」を、十七音で詠むという心の在り所は、まさに俳諧の在り所である。「それも陳腐」の連語の使い方も読む人を黙らせる力を持っている。

平和久し春風に乗る飛行船　水原春郎

作者は大正十一年生まれ。九十三歳。当然戦争は体験しており従事されたであろう。

その上で、この俳句のやわらかさには学ぶべきものがある。大空にゆっくりと進んでいる飛行船、平和そのものの景色である。「平和久し」は、この先ももっと平和の刻がつづいて欲しい、という思いが、決して性急でない語り口で述べられている。

どうかすると戦争を体験従事した人は「郷愁」という曖昧無責任な思いに囚われて、好戦的とも思える側に入ってしまう。高齢者の帰巣本能ともいくらか交錯しているかもしれない。

作者とは「馬酔木」の大会等で挨拶をさせて頂いた程度だが、このように齢をとりたいと思わせるほどの、まあるい印象を持っている人である。

地中には白骨　沖縄の風の黍　　伊丹三樹彦

作者は大正九年生まれ。九十五歳。

氏独特の表現が本当の詩はこのようなものだと教えてくれている。

読んですぐ、あの苛烈な太平洋戦争末期の沖縄戦を思い起こさせる、のっぴきならぬ表現である。「風の黍」が胸に沁みる。詩情に満ちて、さびしさ、むなしさに満ちている。あの暗く暑い洞窟の中で生きながら火焔放射器で焼き殺された軍人や民間人、また殺されなかった人達も、今あのさらさらと風に乗る唐黍の音を、どう聞いたのだろうか。

あれから七十年が経った沖縄の海岸には、白波が無限に打ち寄せては帰ってゆく。そんなむなしい苛烈な戦争を忘れたかのように、「お上」は、いくさの準備に余念がないように見える。敗戦から七十年、戦争反対の強い思いから、「他界説」という考え方が自分の中に育ってきたのは、思いもよらない意外な展開だったが、これを多くの人に知ってもらいたいと思うのも、また偽らざる心境なのだ。

「いずれにせよ、戦争の話を抜きにしては『他界』の話は腑に落ちてこない」

この文章は前述の金子兜太の『他界』の「まえがき」からの一節である。

「死」「他界」から逆発想する「戦争反対」。金子兜太は、このことを頑固に守っている。高齢者の、このやわらかく、そして頑固な金子兜太を筆者はいつも仰ぐようにして見ている。

麦秋や軍国少年八十路にて　大牧　広

この句は「かびれ」千号記念祝賀会の席上で、招待者全員の一句が披露された時の句だが、筆者自身が忘れかけていた俳句だった。いかにも筆者にふさわしい一句を抽いて頂いたことを心中感謝している。

戦中焼夷弾の降る中を一晩中逃げ回った少年の私も、もう八十歳半ばとなった。心の中を三樹彦氏の句ではないが、引き汐の音と颪の音が占めている。

さて、二月二十四日の「東京新聞」朝刊の「デスクメモ」の終わりの部分に、こんな文章があった。

「最近の日本には『右傾化』以上の何かを感じる」

この「何か」は、あの太平洋戦争の前に感じた「何か」と同質のものと直感できる。その意味で、金子兜太の『他界』の持つ意味は大きいと思われるのである。

第四十二回　二冊の本

大久保白村句集『続・中道俳句』（本阿弥書店）を再読した。

平成二十四年に第十二句集『中道俳句』（本阿弥書店）が上梓されていて、本書は第十三句集となる。

「虚子のいう『歩を中道にとどめ、騒がず、誤たず、完成せる芸術品を打成するのに志す』」この言葉は、本書の帯文から引いた。いかにも作者大久保白村の俳句道を歩いている姿にふさわしい文章と思う。

氏は昭和五年生まれ八十五歳、筆者とほぼ同齢である。けれども大久保白村氏と大牧広、まず「器」がちがう。生活観も俳句観もまるでちがう。「大」と「小」、このスケールのちがいを、まざまざと見せつけられる。

今もなほ冬菜を育て乃木旧居

毛虫焼く投票率の低ければ
鵜匠見て舵子の技を誰も見ず
流灯のかたまり進む被爆川
身に入むや勲位きざみし無縁墓碑
冬山に引きずりこまれゆく夕日
山荘は小さきがよろし萩こぼれ
普段着の二十日正月過ぎにけり
山国の蝶くる虚子の散歩道
秋草も動物園の檻の中

それぞれに思い、まなざしがやさしい。俳句を転記しながら思ったことである。

たとえば、三句目の「鵜匠見て」の俳句にそれを思う。ショーとしての鵜飼いの様子の鵜匠の手捌きには皆の目がそそぐ。けれども船を巧みに操ってショーを行いやすくしている舵子の手捌き、舵子の苦労はおおかたの人は見ていない。

けれども白村氏は、しっかりと見ている。見ていながら縁の下の力持ちの舵子の苦労に思いを深くしている。

著名な政治家であり俳人の父・大久保橙青の家で生まれ育っている人の視線は、本来は下へ向かないであろう。主役（鵜匠）のみを見ていていい筈であった。であるのに誰も見ていない舵子を見ている。俳句は「哀れ」を詠む面も負うが、みごとにその俳句の需めに応じている。

五句目は表現通り身に入みる俳句である。勲位まで受けた人の墓碑が今は無縁墓碑となっている。つくづくと無常を感じる。この無常観も作者の心の広さを物語っている。

九句目は高濱虚子の、

山国の蝶を荒しと思はずや

の「山国」の蝶と思われる。戦中、疎開先の小諸での作と考えられるが、その虚子が通ったであろう散歩道を歩いている。筆者の個人的な印象では大久保白村氏は、どことなく高濱虚子の風貌を思わすものがある。

『続・中道俳句』は、八十五歳の齢の人の句集と思えない「晴朗」「闊達」の感を漂わせた句集であるとつくづく思わせる。一般的に高齢者が上梓している句集は、「枯淡」もしくは、その対極にある「意固地」という型が多い。その中間の「ふくらみ」がない気がする。

その意で『続・中道俳句』は、老艶とも思える「ふくらみ」も漂わせて、しかし言うべきことは言っている。そうした安定感に満ちた句集、ことに高齢者に読んで貰いたい句集である。

後藤比奈夫氏から『自筆四季八十句』（沖積社）を頂いた。約百頁に後藤比奈夫氏の八十句が一頁毎に染筆の形で載せられている。

この本を手にした時、正直、深い吐息を洩らした。深い吐息とは、この誌上を借りてあえて書くと、筆者が一人住いの姉の病気、妻の両膝の恙などで買物、料理、当然のことだが「港」のさまざまな仕事が手枷足枷となって耳鳴りが消えぬ状態に陥ってしまった日々にあったからである。

だから濃い茶色に錆朱の帯のこの『自筆四季八十句』を手にした時、何か自分の居場所を見つけたような安らかな吐息をついたのだった。

後藤比奈夫氏九十八歳の一頁一句の作品を若僧の筆者八十四歳が、押しいただくような気持で、鑑賞させていただく。

花 お ぼ ろ と は 人 影 の あ る と き よ　　（『初心』より）

じつにわかる句である。「花朧」は夢幻的な景色、その空気感を抽象的に鑑賞すればそれで済むのだが、俗世の人間の影が、ふっと見えてこそ「花朧」がより鮮明になる。虚と実の対照がこの句の存在を深めている。

止 る こ と ば か り 考 へ 風 車　　（『祇園守』より）

回るからこそ風車、一所懸命回って人の眼を楽しますのが風車の役目であるのに、「止ることばかり考へ」と述べる。この措辞が後藤比奈夫の持味といえよう。つまり俳諧的斜視で対象を摑む、ということである。

虹の足とは不確に美しき　（『花匂ひ』より）

まさに、という思いがする。

大空に虹がかかる。科学的な裏付けがあるとはいえ人間には嘆声が出るほど美しい。大空にかかっている「虹の足」、そこは溶明という言葉が似合うように神秘的な儚げな美しさを見せている。

不確だから美しい。美しいから不確、日本国特有の朦朧体の美しさが「不確」で的確に示されている。「妖しい美しさ」ともいえるのであろう。

滝の面をわが魂の駈け上る　（『めんない千鳥』より）

とうとうと流れている滝、視野の限りを滝が占めている。その激しい水音は無音に近い。ただ空が抜けて水が落ちてくる、という感じになっている。

すると、自分に在った魂が滝の面をするすると駈け上がっていってしまった。自分が今魂の抜け殻として立ちすくんでいるのだ。

滝の上に水現れて落ちにけり　後藤夜半

作者の父、後藤夜半の名作を思わせる重畳的掲句である。

日に仕へ月に仕へし萩を刈る　（『花匂ひ』より）

日が天に在る時は日に仕えて、夜、月がかかると月に仕える萩、その萩を刈りとっている。だまって日と月に仕えていた萩が、刈りとられ、束ねられて地べたにころがされている。それから冬が来て雪が来て一年の終わりを告げる。地味な表現であるけれども植物の哀れ、ひいては命の哀れを、この俳句は述べている。

浮寝鳥覚めて失ふ白ならむ　（『花匂ひ』より）

浮寝鳥が目をつむって水面に居る。きっと眠っているのかもしれない。眠っては醒め、眠っては醒めている浮寝鳥は、この世のものではないような透明感さえ感じさせるのだ。浮寝鳥を詠んでいながら、どことなく作者自身を思わせる一句となっている。『自筆四季八十句』を読みながら、後藤比奈夫氏の総合誌のグラビアで見る姿を思っている。氏の車椅子上での姿を見るが、やさしい気品に満ちて、その表情は人の心をもやさしくさせる。

後藤比奈夫氏と大久保白村氏、共に偉大な父を持っていて、いつもしずかで強い。筆者は、せめて形だけでも、その姿を見習いたいと思っている。

戦中の知覧にもさぞ青嵐　大牧 広

吹く風に「夏」を感じるようになった。「青嵐」の季節に入ろうとしている。この句はかなり前に知覧の「特攻基地」だった地をたずねた折の一句。あの苛烈な特攻基地にも戦中はかぐわしい風が吹いたであろう。何を書いても、すぐに戦中へと思いが流れてゆく。心の底に現在のきな臭い空気を感じての反作用かもしれない。高齢者の業とも言えるのかもしれない。

第四十三回　逃げるな　火を消せ

「俳句界」平成二十七年四月号で「戦後70年〜大空襲の記憶を詠む」をテーマにした特集を載せている。

「東京大空襲は昭和20年3月11日午前0時過ぎに始まり、わずか数時間で10万人以上が死亡。これほど短時間で多くの人が犠牲になったことは世界戦史上ない。この東京空襲を皮切りに3月、4月、5月は日本各地に空襲が集中的に行われた。（略）当時を知る俳人に〝空襲の記憶〟を俳句とエッセイで綴っていただいた」

と前文があって立体的な特集がなされている。

この特集を、筆者は、どの記事よりも早く読んだ。実際に空襲に遭遇した俳人がなまじの感傷を捨ててあるがままの俳句を載せている。五句発表しているが二句ずつ挙げる。

弾破片汗なす母の腕貫通　　矢須恵由

五歳児が飛彈に即死灼くる雲　赤尾恵以

爆弾炸裂息潜めゐる春の闇

風死せり防空壕に隠れゐて

原爆忌大地に祈りかくも充ち　松永唯道

原爆忌蒼天ゆらし蟬よ鳴け

日立空襲、神戸空襲、長崎原爆を三氏はそれぞれ詠みエッセイを書いている。加えて二十七人の現在は殆ど亡い俳人の句も別記されている。失礼を顧みず十人の俳句を抽出する。

空襲が近づく月夜の鶏を割く　鈴木六林男

空襲下

壕冷えて砂がしづかにこぼれつぐ　加藤楸邨

肩の雪払い合うて空襲解除の吹鳴の中　橋本夢道

焼跡に赤まま咲けり爛漫と　原子公平

焼跡に遺る三和土や手鞠つく　中村草田男

燈火管制

町燈匿しふるさとのごと星ふえ冴ゆ　篠原　梵

爆撃はげし

東京と生死をちかふ盛夏かな　鈴木しづ子

本土空襲

汲みたてし水に花散り機影見ず　石飛如翠

空襲恐るるにたらず桐咲き桐散るを　大久保桐華

はこべらや焦土のいろの雀ども　石田波郷

筆者が空襲により焼夷弾の雨の中を逃げて歩いたのは、十四歳の時だった。

この場面のことは、結社誌や総合誌などで幾度となく書いた覚えがあるので書かないが、今でも母と姉と私と三人で逃げ回った記憶を夢に見る。それはそれとして、抽出した十句のうち、やはりどうしても鑑賞文を付したい作品があり書いておきたい。

加藤楸邨句は実際に防空壕生活を体験してはじめてわかる句である。昭和二十年三月に役所や軍部が指導して造られた防空壕は、すくなくともわが家の防空壕は縁の下の土地を掘っての穴蔵であった。だから家が焼夷弾で全焼すると、防空壕（穴と言った方が正しい）に待避している人達は、ブロイラーさながらに蒸し焼きにされる仕様であって実際に多くの人は、それで蒸し焼きにされた人が多かった。あの沖縄戦で「ガマ（壕）」に逃げこんだ民間人が、アメリカの火焔放射器で焼き殺されたのと同じである。

さて、楸邨句にもどる。

「砂がしづかにこぼれつぐ」の措辞は、空襲体験者として、二通りの鑑賞ができる。ひとつは、B29への恐怖感である。警戒警報のサイレンが鳴ってラジオから暗いおごそかな声で「東部軍管区情報」（この言葉ちがうかもしれない）が、たしか二回くり返して放送されて次に「東京地方警戒警報発令」と放送されて暗くて重いサイレンが鳴り出す。

殆どの場合、その「警戒警報」後すぐに「空襲警報」となる。

すると高度一万メートルのB29へ向かって、それよりはるかに低上空を日本の高射砲（それも戦争末期には殆ど聞こえなくなった）が、ボコンボコンという鈍い音を立てはじめる。B29は悠々として過ぎてゆく。

いくら灯火管制をしても曳光弾が落されて昼のように明るくなった。十四歳の私は、その景色を恐ろしくて、美しいとさえ感じていた筈だった。

なぜこんな描写をするのか。それは、こうした体験をした人達が、つぎつぎに彼岸へ旅立って、いわゆる「語り部」が、どんどん減ってゆくからである。

肩の雪払い合うて空襲解除の吹鳴の中　　橋本夢道

「空襲警報解除」のラジオ放送や叫び声は、とりあえずの安堵感が得られるものだった。わが家が罹災しなくてよかった。朝までは二、三時間眠れる。電灯を点けることができる等々、まさにほんのひととき戦争の時間から解き放たれるのである。

掲句の「肩の雪払い合うて」は、そんな、やれやれという気持が素朴に詠まれている。

焼跡に遺る三和土や手鞠つく　中村草田男

「三和土」、今でこそマンション生活者が増えて「三和土」の意味もわかりにくくなっているが、昔の戸建ての家は、殆ど「三和土」があった。

主人や子供が会社や学校へ出掛ける朝、その三和土は、しかとした位置を占めていた。一日の暮らしの句読点のようなものだった。

肝心の家屋が空襲で焼けて三和土だけが残っている。その三和土に子供が手鞠をついている。まだ空襲で焼かれた家々のくすぶりの匂いがしているかもしれない。子供が無心についている鞠の音は、戦中にかすかな明るさをつたえている。泪ぐむような無心の音とおとなは聞いていたのであろう。

燈火管制

町燈匿しふるさとのごと星ふえ冴ゆ　篠原　梵

灯火管制はきびしかった。灯りを覆った黒い布がずれてすこしでも洩れると町会の役員（これら役員は住民がすこしでも本音や愚痴を洩らすとすぐに警察へ告げるというスパイのような役目もしていた）がとんできて注意するのである。

そうした灯火管制をしてもすでにアメリカは路地までも識別できるマップがありそれ以上に曳光弾を落して昼のように明るくした。

そんな張りつめた空気感で夜空を仰ぐ。夜空は故郷のように星が下界を照らしている。血生臭い戦争を忘れるほどの満天の星である。

筆者も戦中の夜空を仰いだことがある。すでに日本の敗色が濃くなっても夜空の星は無心にかがやいていた。ひえびえとしたはるかな星、十四歳の筆者はその時、何を思っていたのだろうか。


はこべらや焦土のいろの雀ども　　石田波郷

この「焦土」は空襲による焦土である。破滅的な大空襲の俳句に「はこべら」「雀」と愛らしい素材を当てるのは、波郷が卓越した詩精神の持ち主であることを示している。あの大空襲で何もかも失くしてしまった。残っているのは焦げ臭い家の残骸と焦げてしまった木立や径。その径に同じ焦土色をした雀が遊んでいる。

「雀ども」の措辞に小動物への愛憐がこめられている。焦土色の雀に目をやりながら恐らく病を得ていたかもしれない自分の体を励ましているのである。

何もなくなった焼野原にも蘩蔞が芽を出して雀が遊んでいる。うしろばかりを見ていない波郷ならではの世界が抽出されている。

夏旬日ゲートル巻いてねむりたる　大牧　広

空襲は日本人を眠らせず消耗させるため夜遅くに行われた。焼夷弾を落されたら消火するか逃げなければならない。そのためゲートルを巻いたまま眠り履物は枕元に置いて眠った。結果無残に家は焼かれて一晩中逃げ回った。逃げようとする時「逃げるな、火を消せ」というおとなの声をたしかに聴いた。防空法があって逃げた人は罰せられる、と聞いていたが、悪魔のような炎の中でバケツと火叩き棒で何ができたというのか。

今でもその声が耳に残っている。

第四十四回　読んでよかった俳句

五月の大型連休も終わりのある朝、ニュースでも見る気持でテレビを見た。すぐに目にとびこんできたのは、この国のトップがゴルフ場で両手を挙げて喜んでいる姿であった。ゴルフのことは何も知らないが、その両手を挙げての大喜びのポーズから、何かよい結果が出たらしいことがわかった。満面の笑み、小躍りするような仕草、偉い人でも人間である以上、当り前の喜びの仕草であろう。筆者はすぐにチャンネルを、よそに切り替えたが、すぐに「見てはいけなかった」画面を見た口惜しさが胸を占めたのだった。

メディアのテレビは、ああしたシーンは映すべきではなかったと考えている。前後のシーンは見ていないので勝手な想像をしたのだが、トップへのメディアの追従であるとしたら、何とも理解のできぬ不安感といったものが胸を占めて離れなかった。

公正中立を守らねばならぬメディアが、プライベートな指導者の姿を、そこまで映す必要があるのか。それとも、そこまで「ぶらさがり」の撮影を強いられているのか、何とも不安な気持に陥ったことはたしかだった。

被害妄想ついでに書くと、ヒトラーが台頭しはじめた頃、全家庭にラジオを置かせて、必ずヒトラーのプロパガンダの放送を聞くことを強制させた、という事実が在るが、そのことを併行して考えてしまっていた。

くどいようだが、指導者の人がゴルフ場で両手を挙げて、喜んでいるその時にも、ほぼ朽ちかけてきた仮設住宅で、うずくまって暮らしている人々、育ち盛りなのに、おなかいっぱいご飯を食べられぬ貧困家庭の子供達が居たことは事実であり、その連想に苦しんでいる。あのシーンを見なければよかった、と今しきりに悔いている。

見なければよかったと思うテレビのシーンと反対に、読んでよかったと思う俳句を鑑賞する。


今年こそ千里の馬にならむとす　　後藤比奈夫

この気概こそ読んでいてよかったと思う俳句である。

高齢になると、まるで趣味のように「病気」や「死」のことを口にする。いわば逆療法の形で言っておけば、恐怖心もうすくなるし長生きをするかもしれないと思うからであろう。

一種の防衛本能かもしれない。そうしたちまちまとしたことはさて置いて、自分は、今年も千里を走る馬となろうと思っている。共感し納得できる。

青春の「十五年戦争」の狐火　金子兜太

金子兜太の俳句を鑑賞する時、何か力が湧いてくる。「力」とは筆者の場合、自分の俳句を詠む姿勢に自信を与えてくれる「力」である。もっと書けば現代の不条理（格差・貧困・戦争）などへためらうことなく斬りこんで詠む姿勢を学びとることができる力である。

こうした俳句は、読む人の心を活性化させる。読んでおきたい俳句と思う。

地中には白骨　沖縄の風の黍　伊丹三樹彦

残酷な沖縄戦を詠んでいる。この作者が用いる「一マス」空けの技法には、つねに共感をしているが、掲句の、あの民間人の膨大な犠牲をもたらした沖縄戦を思う時、この一マス空けの空白感によって、むなしい悲しい風を感じる。

あの黍の葉の音が、深いむなしさ・怒りそして無常さえ感じさせる。一マスの空白が、みごとに胸を打つのである。

ちちははのゐて戦時下で粕汁で　辻田克巳

戦時への回想句。父も母も揃っていて食糧難にもめげずに暮らしていた。日本国民（上層部はさて置いて）は「配給」という制度の中で、いかにして餓死を防ぐかが戦時下での家庭を支える親達の責務だった。

たたみかけるような声調が、戦時下での慌ただしい息づまる気持を表わしている。でも「粕汁」なら戦争中であれば贅沢なのではないかという戦争体験者ならではの気持も起こったりして、充分に気をそそられる一句となっている。

真闇経て朝は来るゆりかもめにも　友岡子郷

四年前の東日本大震災を思わせる内容と思うのだが、そうではないかもしれない。ただやはり「真闇経て」の「真闇」には、あの日、日本人がひとしく抱いた絶望感を思わずにはおれぬ言葉の力がある。

「朝が来ない夜はない」。この言葉があの震災地の、たしか残った建物か車の横腹に書かれていたのをテレビ画面で見た。すべてが絶望の中にあって、この言葉ほど示唆をふくんだ言葉を私は知らない。まして、こうした人間社会にかかわりのない「ゆりかもめ」にも、夜の暗黒は終わって明るい朝は来るという内容の俳句は知っておきたい一句と思う。

玉の緒よ大寒の鳥ひいと啼き　鍵和田秞子

「玉の緒」、親と子の絆であり証である。「大寒の鳥ひいと啼き」の「ひい」は、決して明るくない。「玉の緒」の「玉」は「いのち」をも二義的に表わしている。そのぬきさしならぬ「玉の緒」に、さりげなく、しかし痛切に「ひいい」と鳴く大寒の鳥、生まれ落ちての原罪感といったものを訴えている。

鷲抛る赤き肉片夏来る　遠山陽子

メジャーな言葉で構成されている。鷲へ生きるための分厚い肉片を与える。その肉をむしっては食う鷲。見方によっては凄惨だが鷲にとっては、ごく当り前の仕草である。「夏来る」で、ふっと解放された気持につつまれる。「夏」とは、そうした気分を人に与える。季語の勝利といえよう。

サイロのみ残る平原とんぼ涌く　源　鬼彦

ひろびろとした平原が眼の前に現れる。アメリカ西部の大平原を彷彿とさせる表現だが、やはり「とんぼ涌く」の措辞によって、日本の北海道の景と思わせる。つまり、どことなくやさしい気息がこめられているからであろう。「サイロのみ残る」は、農政の時代の流れ、又は不況による酪農の撤退を表わしたのか、いずれにしても読んでおきたい一句である。

原発まで十キロ草の花無尽　正木ゆう子

六十代の正木ゆう子という人は、たおやかでいながら言うべきことは言う、そうした意志的な感じも併せ持っている。

掲句にしても、やわらかく詠んでいるが無言の抵抗感がしずかに深くこめられている。実はこれらの俳句、読んでおきたい俳句は「俳句年鑑」二〇一五年版から挙げた。七十歳以下の俳人をあまねく読んだが、「原発」という言葉には正木ゆう子以外見当らなかった。どの俳句も俳句という枠の中で俳句的に詠んでいた。相対的に言えることは八十歳以上の俳人の方が時代に敏感になっていた。

詠んでおかなければならない世の空気感があると思うのだが、結果として七十歳以下では接することはできなかった。巧みな愚民政策にとりこまれたのだろうか。

夏 景 色 と は Ｂ 29 を 仰 ぎ し 景　　大牧　広

銀色に光って、むしろ美しかった戦中のＢ29が狩りのように一般市民を機銃掃射して殺していった戦争。筆者は、今の空気感があまりにもその時と似ていることに心が戦いている。

「アメリカでは砂糖は自由販売だそうですよ」

戦中ごく少量の配給生活に喘いでいた母と隣人のひそひそ話である。

庶民に犠牲と苦しみを強いる戦争、このことを俳句によって「語り部」のように詠んでいかなければと、今深く思っている。「読んでよかった俳句」のためにである。

第四十五回　日本が敗けた日

七十回目の敗戦日が来る。

てんと蟲一兵われの死なざりし　　安住　敦

安住敦は「終戦」と前書きをつけて、この句を詠んでいる。あまりにも有名な一句である。もう七十年も前の句である。あれこれとこの句に就いて書く必要がないほどに一種古典化されてもいる。「一兵われ」、ここに作者の思い入れがあると考える。「一兵」、軍部の上層部から見ると、ただの一人の兵隊、弾丸除けの一部品にすぎなかった一兵。

その「一兵」の自分が死ぬこともなしに内地へ帰ってきた。深い安堵とむなしさ、日本のゆたかな山河や街のたたずまいまでが白黒の映像のように眼に映っていたかもしれない。そんな「一兵」だったが、今生きて母国日本に居る。

この句については、あれこれと感傷的な句解をつけることは簡単だが、俳句は詩の一種なのだから、感傷的になることは許されるはずである。ならば七十年前に発表された俳句を、いっそ感傷的に鑑賞してみたい。

一本の鶏頭燃えて戦終る　加藤楸邨

日本が無条件降服をした日は八月十五日、もう秋だった。

すっくと立っている一本の鶏頭、昭和二十年の戦中戦後を咲いているが、「戦終る」と述べた点に敗戦日の「鶏頭」であることがわかる。

こんな当り前の鑑賞を、より強くさせるには「戦終る」という措辞があってこそである。

食物もない、住む家も焼き払われたが、あの忌まわしい戦争が終わった。もう夜毎の空襲に怯えることなく眠ることができる。

「動」から「静」へ、そして何ものにもかえがたい気持の安定。ぶっちぎったような表現が、むしろ余韻をもたらしている。

寒燈の一つ一つよ国敗れ　西東三鬼

昭和二十年の冬は、十四歳の筆者には、何が、どうしたなどと具体的に書けない。ただ七人家族が、焼けトタン（空襲で焼跡に残されていた）で造られた掘立小屋で身を寄せ合って暮らしていた記憶があっただけである。

寒灯は、それでももう黒い布で覆う必要がなくなっている。いくらでも戸外に洩れていいのである。国は敗けても庶民達は、そんなささやかな自由を得たのだった。

切株に据し蘗に涙濺ぐ　中村草田男

「涙濺ぐ」は日本国が戦争に敗けた国民としての涙であろう。決してなめらかではない表現が、深い敗北感をみちびき出す。忌まわしい戦争が終わって十五年間味わっていない平和の時代の到来に、そそぐ涙も決して単純ではない。

八月の赤子はいまも宙を蹴る　宇多喜代子
戦争で始まる世紀薪を割る　坂本宮尾
先頭のランナー八月十五日　浦川聡子
学校の長い廊下よ敗戦忌　酒井弘司
グラマンに追はれし丘の土筆つむ　木田千女
二日月神州狭くなりにけり　渡辺水巴

敗戦日の思いが濃く描かれている。

宇多句の「赤子（赤んぼ）」は、敗戦忌の日でも元気よく裸の足で宙を蹴っている。生命力に満ちた足の動き、この動きから「希望」というものを赤んぼのためにも思わなければいけない気がする。

坂本句は十五年戦争で昭和という時代の四分の一を費やした戦中派のつぶやきであろう。昭和六年の満州事変から昭和二十年の太平洋戦争敗戦までまさに十五年の戦争の時代だった。庶民はその戦争の日々、暮らしの火を絶やさぬために薪を割って火を創る。

浦川句は、「八月十五日」に意味がこめられている。「先頭のランナー」は、とにかく前を向いてゴールをしよう。そのゴールも八月十五日という日本国が新生日本国へとゴールインをする、と戦中派の筆者は考える。

酒井句は、渡邊白泉の〈戦争が廊下の奥に立つてゐた〉を思わせるほど「廊下」という言葉の意味がメッセージとしてつたわる。焼け残った学校の長い懐かしい廊下、ああ戦争は終わったのだ、そんな気持を学生達は思ったにちがいない。

木田句は戦中、空襲を受けた人ならば一度や二度遭遇した事実である。筆者もそうだった。戦中、世田谷区の駒沢という所は、まだまだ広い空地や野原があった。空襲警報が発令（不気味なサイレンが唸るように鳴った）されると授業をやめて帰宅させられる。電車やバスの止まった道を世田谷区から荏原区（現在の品川区）まで歩いて帰宅した。

こうした記憶の中でも忘れ得ない記憶の一齣がある。それは「グラマン」という戦闘機だったと思うが、超低空で我々二、三人の方へ降りてきて機銃掃射をしたのである。幸い原っぱの小屋に弾丸が当って、私達に命中しなかったが、いまだに忘れられないことは、グラマンの飛行士の顔が笑っていたことである。その笑い顔は優越感は勿論だが「狩り」をする時のような、ゆがんだ笑い顔だった。視線が合ったことが恐ろしくて小一時間原っぱにうつぶせになって震えていたことを覚えている。

渡辺句は、戦前の日本を生きた人の感慨であろう。朝鮮も台湾も北方四島も喪って本当に小さくなってしまった日本、戦中戦前を「おとな」として生きた人ならば、こう詠まざるを得ない感慨は痛いほどわかる。

さて、平成二十七年五月十四日、渋谷デモに参加した九十三歳の瀬戸内寂聴氏の言葉を掲げる。

「今や日本はこの人の発案によって、憲法九条にそむき、戦争をする国になろうとしています。あの戦争で戦死した多くの同胞の霊に向かって、何といってお詫びすべきなのでしょう。『殺すなかれ、殺されるなかれ』というのがお釈迦さまの教えの根本ですから。

座り込みにあたり、老人たちを誘おうかと思いましたが、誘ったみんなが、疲れ果てて病気やけがで死亡して、私ひとりが残ったりしたら申しわけないのでひとりで決行します。もしこれで病気が再発し、死んでも、どうってことはありません。九十三歳の私が座れば、少しは反対派を元気づけるのではないでしょうか」

この言葉を書いていて私のペンは途中で止まった。余りにも澄みきった心に、まだまだ邪心いっぱいの筆者の胸がしめつけられたからである。

二十四房を出るわが編笠にふり向かず
人民はいつでも苦しいえんまこおろぎ
妻の留守に押入れをのぞき驚き飢餓日記
生き甲斐があるのか古来人間手を振ってゆく
戦争よあるな路地さみだれて鯖食う家

橋本夢道の昭和二十年敗戦時に詠まれた句。言葉自体がすでに時代を鮮明に表わしているので、戦争を知らぬ人達は、小林多喜二の『蟹工船』でも読むような劇画的な興趣が湧くかもしれない。「二十四房」「編笠」「飢餓日記」「鯖食う家」、どの言葉も若者には劇的な興味をそそる言葉であろう。けれど戦争敗戦を経験した八十歳以上の高齢者には、むしろ郷愁さえ誘う言葉となっている。これが昭和二十年の日本国だった。

「なにもかも焼けた」と母の灼けし髪　大牧　広

空襲による焼跡の掘立小屋で、母が食事らしいことをしようとしても一切合財、何も手をつけられず、隅でうずくまって泣いていた。その母の姿を忘れることはできない。うずくまって泣いていた母の髪も赤茶けて、すっかり体が小さくなっていた。

第四十六回　昭和二十年九月

昭和二十年九月ひたすら雨ばかり　　大牧　広

いきなり自作を掲げたが、この自作についての意味を書く。

まず自句自解から入るが、昭和二十年八月は、日本国がポツダム宣言を受諾して米英をはじめとする連合国に無条件降伏をした日である。但し天皇制は、壊さずにという深い観点からの黙約はあったと、さまざまの資料報告から聞いている。それはそれとして、昭和二十年の夏の終わりから秋にかけて、雨の日が多かった。一日中秋雨が焦土を濡らしていた。その情景は、当時十四歳だった私の眼に、陰鬱なネガのようにして、いまだに記憶として残っている。

まず夕方になって暮色が立ちこめても電灯が点されなかった。電力が無くて停電が続いた。外が暗くなったら一家の灯りを点す、そうした庶民のささやかな日常が無視されて、当時の日本国民は秋雨の夜を蠟燭を点して、言葉すくなく過ごす。

それが戦後の暮らしだった。もちろん食物も雑炊か、そうでなくともわずかな米の飯を黙って食べていた。昭和二十年秋の一般的な光景であった。

なぜ、こんな明るくないことを冒頭に書くか、それには理由があったからである。平成二十七年の飽食の世の句会に、この句を出しても、ただ昭和二十年九月は雨の日が多かったのであろうという受けとめが句会の大半を占めていて、ある意味で納得をしたのである。

戦争が終わってもう七十年経っている。敗戦日に生まれた人が孫を持つ年である。昭和二十年、秋、停電、と書いてみても読む人の胸中深く理解されないのは当然でもある。それでも敗戦のため各家庭へ全日電気が来ない日々、救いようのない日々があったことを知っていて欲しいと思っている。まして今、暴政に近い政治が行われてまたすぐに、このように暗澹とした日々が現実化されるかもしれない。

折しも「俳句界」平成二十七年八月号で「語り継ぎたい戦時下の俳句」という特集をしている。戦時下の俳句といっても、それこそ翼賛俳句もあり自虐的な俳句もある。そのようなことで戦中をしっかりと思い出させるような俳句を鑑賞する。

銃後といふ不思議な町を丘で見た　渡邊白泉

「銃後」という言葉は、戦中から現在まで軍部が勝手に造った言葉と思っていたが『国語辞典』（岩波書店）に載っている。「銃後」、戦場の後方。直接戦闘に加わらない一般国民、と書かれてある。

なぜ「銃後」という意味にこだわったか、それは、あの七十年前の真空的な空気感による。まず壮年の男が居なくなっていた。高齢者と、もんぺを穿いた目をつり上げた中高年の女性達、ゲートルを巻いた在郷軍人のような人が肩を怒らせて町を「検閲」して歩いていた。若い女性が何人か笑って歩いていたら、「戦地では兵隊さんが戦っているのに歯を出して笑うのは何事か」と交番で説教されたという話もあって、筆者の姉も夕方こわばって帰ってきたことがあった。

動員されて工場で男達と一緒に油まみれになって働いてきて、その帰り道に笑って歩いていたのを、交番で説教されたと言って、小一時間、部屋の隅でうつむいていた。「銃後」とは、そうした「場所」であった。端的に言えば、「明るい顔」は許されなかったのだ。

もっと具体的に書けば、国民学校の前で、明るい色のネクタイを締めていたというそれだけの理由で昼間、五十代位の人が在郷軍人の人に何回も頬を叩かれていた。

蒼い顔をして頬を殴られていた人と、殴りつづけていた在郷軍人の男、それはしろじろとした無声映画のように、私の眼に残っている。

炎天の一片の紙人間《ひと》の上に　　文挾夫佐恵

この句の「一片の紙」は、経験上アメリカ空軍が落して行った謀略ビラのことであろう。筆者なりの記憶を書くと、Ｂ29がゆっくりとむしろ低空で通りすぎて行った時、無数のビラが落ちてきた。

落ちてきたから、そのビラを読んだ。

十四歳の眼に映ったビラの絵は、丼にごはんが山盛りに盛られていた絵である。

記憶をひきずり出して、その絵に添えられた文を再現する。もちろん日本語である。

――あなたは今、ごはんをおなかいっぱい食べていますか。あなたの国の軍閥や財閥の人は、おなかいっぱい食べています。

そうした文字だったが、丼に山盛りにされたごはんの絵は、稚拙だったがしっかりと眼に焼きつけられた。

そんな時、町会長らしい人が蒼い顔をして廻って歩いていた。そんなビラを読むと憲兵隊にひっぱられます。すぐよこして下さい。そんなことをメガホンで叫びながら焼跡の上を駆け回っていた。

それと、アメリカのビラとは関係ないが、近所の人が、自分の家の焼跡の上で莫蓙を敷いて四、五人が食事をしていた。それはまるで家も焼かれておらず、涼風のとおるお茶の間であるかのような平和な食事の風景だった。

それはそれで何よりも耳に残っているのは一家の女性らしい人が、日本人は、やっぱり味噌汁がなければ力が出ない、という言葉を話し回っていたことである。それはそうだよ、あのうちの親類は、警察の「ケイザイ」に勤めているからね、味噌も米も手に入るのさ。口惜しげに陰口を言う親もいた。「警察の経済」、つまり「闇」や「買い出し」の取り締まりのポストのことかもしれなかった。

実際、神楽坂の某料亭では、警察官僚や商工省の高級役人が出入りして、すきやき、てんぷらなど連夜食べ放題という声も流れていた。

苦しむのは、何のツテもない普通の国民達、「一億一心」「欲しがりません勝つまでは」。情報局が作った文字のポスターが空襲で焼け残った家の塀などに貼られて風に半分ちぎれていた景も当時の少年の眼にある。

「俳句界」八月号の「語り継ぎたい戦時下の俳句」という特集から、自分でもおどろくほどに、八十四歳になっても、こうした怨嗟の文章が綴られてしまうほど、戦争の不条理が身に沁みているのである。

筆者は、他の俳句総合誌に戦後七十年を経ての感慨を求められ俳句や文章を発表している。その時の私の俳句や文章の発意は「怒り」である。

「俳人九条の会」での開会の挨拶でも使った言葉だが「いいとこの戦争を知らないお坊ちゃん」が、ヒーローになった気分で「戦争法案」の旗振りをしている、と言った記憶があるが、「戦争」はひとつである筈の家族でさえも無惨に壊してしまう。私は芋一本しか食べていないのに、姉ちゃんが二本食べたなどという、まず生きてゆく原点の「食」のことから壊れてゆくのである。

戦争を知らぬ、いいとこのお坊ちゃん政治家は連日の美食店通いと聞くが、このひとつをとっても、国民にとっては「雲の上」の現実であった。

ガム一枚拾ひし敗戦後の夏よ　　大牧　広
沖縄忌焼肉店に列ながなが
ほうたるやいくさ知る人減りてゆく
戦前へ戦前へ麦を踏む人の無く
原つぱは草むしてをり沖縄忌
かの人のうすら笑ひや遠花火

八十四歳にもなって、まだこんな「怒り」の俳句を詠んでしまう自分は結局無器用なんだと思う。

でもそれが、筆者の作句の源泉ならば仕方のないこととも思っている。あとは、チャップリンのような高度な諷刺精神が必要であると思っている。

第四十七回　能村登四郎第十三句集『芒種』

能村登四郎は平成十三年五月二十四日、九十歳で逝去している。現在、「沖」主宰の能村研三が編んだ『羽化』（角川書店）より前までは、自身の手による句集であり、最後は第十三句集の『芒種』となっている。

『芒種』は、平成七年から九年までの三百五十句が収められており能村登四郎が丁度八十八歳、米寿の折に「後記」を書いている。

その「後記」の文を書く。

『芒種』は『易水』後三百五十句をまとめた第十三句集である。今はこれと言って病はないが何と言っても八十八歳の老軀はしんどい。

そんな中で毎月の作品を発表しなければならないのは辛い。しかし考えを替えると老いてもこのような仕事を持っていることは男として倖せなことだと思っている。

『芒種』とは二十四気の一つで六月六日のこと、「のぎ」ある穀物を播く時期ということで何となく好きなことばなのでつけた。

淡々とした文からは、やはり八十八歳の齢を思わせる「枯れ」があって無理なく『芒種』の作品を読み進めることができる。

山深く輪飾のある泉かな

『芒種』はじめの一句。

「山深く」の導入から「かな」の止めまでの表現が美しいし格調がある。信心深い里人が元旦に泉のほとりに輪飾をかける。一年間の感謝とこれからの無事を祈っての輪飾である。

能村登四郎八十四歳の時の作品。こう書いている筆者が現在、八十四歳。だから、こうした敬虔とも言ってよい気持はじつにわかる。筆者自身、住居のまわりに立っている樹木、目を落すと、いじらしくつましく咲いている名前の知らない草花を、ふと立ち止まって、いとおしく見つめている自分に気づく。八十路半ばの、強く言えば、いずれ行く彼岸とそれゆえの現世へのいとおしみ、それらが内在しての行為である。

山深く、こんこんと湧いている泉への感謝と尊敬、能村登四郎自身が編んだ最後の十三冊目の句集の巻頭一句目にふさわしい句である。

美しき老いとはあるや忘れ霜

能村登四郎は句会で「余生」「老い」「晩年」などの言葉の俳句に会うと、強い口調でたしなめた。まして、まだ現役に近い人が、そうした言葉の俳句を出すと、強い口調で、その俳句を否定した。

「老い」を、もてあそぶな、そのような気持であったからか、また「老い」「晩年」はしずかに深くやってくる。だから「老い」の言葉を自分で使ってはならない。筆者が「沖」にいた時、そのように解釈していた。その上で掲句は、その「老い」への考えを端的に表現している。

「老い」は、「老醜」という言葉があるほどに醜くなるものである。さりげなく日々を過ごしてはいるけれども筆者自身についても身体上の問題が言いきれないほどある。

腰や膝の関節の衰え、目のかすみ、もっと下って「便秘」「軟便」「頻尿」「尿閉」など俳句の「風流」とはほど遠い現象に苛まれている。只、こうしたことを人には言わないだけの話である。

「好々爺」、これは単に言葉上のことであって、高齢者自身は、これらの生理状態と目が覚めると闘っているのだ。

「美しき老い」の句は、高齢者の願望にすぎない、それを述べていると思っている。

花疲れとてみづからに言ひ聞かす

八十路も半ばを過ぎると何をしても疲れを感じる。すぐに「疲れ」という感じに襲われるので、もしや悪い病気に罹っているのではないかと思ってしまうが、その思いをふり払うためにも自分自身に、花どきに、よくある疲れであると言い聞かす。

人はつい悪い方へと考えが進んで、底無し沼にはまりこんでしまい、不安感に襲われる。当然、能村登四郎も例外ではなかった。その辺りに人間としての能村登四郎に深く共感させられる。

熱帯夜いつ目覚めても我がゐて

寝苦しい熱帯夜、眠りが浅いので何回か目が覚めてしまう。その度に自分が居る。ああ自分は死なずに生きているのだ。この感慨は、高齢者ならば、ほぼ実感できる気持である。高齢者は、いつどんな症状で倒れてしまうか、わからない。まして熱帯夜、一人の生活、それだけで心の安定が欠けて、それこそ自分が死ぬこともわからぬままに死んでしまうかもしれない。「我がゐて」は、そうした不安感を拭う丁寧な措辞とも言える。

春愁に似て非なるもの老愁は

「老愁」、すでに先の見えているがゆえの愁い、希望も目標もほぼ満ちていて、もう何の希望も目標もない。おおかたの権威ある賞は受けて、あと何があるのだろう。作者の心中は、こうしたものであろう。殆どの栄光を受けたあとの潮の引く感じといえばよいのであろうか。

「春愁」は、まだ先の長い人生が待っている若い人のものであろう。若い人は、訳のわからぬ愁いを抱くが、その何倍かの「夢」や「希望」もある。「老愁」は「極北」、「春愁」は「南溟」。すでに明るさがちがうのである。この感慨を、むしろ軽く描いていて強い共感を誘う。

平成二十二年に能村研三は『能村登四郎全句集』(ふらんす堂)を上梓した。その折の「栞」に筆者は、次のように書いている。一部分である。

先生の晩年の作に接していると「死」さえうつくしく思われる。絶対無間暗黒という「死」がなにかなつかしくたとえていえば父母の許へ一少年となって帰ってゆく、そんな懐しさである。父母の許へ行くのだから何のおそろしさがあろう。彼岸へ着いたら父母の膝もとへすぐとびつけばよいのではないか。

汗ばみて加賀強情の血ありけり

先生は生前ときどき怖い顔をなさった。その怖い顔をされる理由はわかっている。筋の通らぬことをしたときである。理不尽な行動は加賀強情の血が許さなかったのである。十四冊の句集の一句一句がそのことを教えてくれる。

以上が「栞」の文の一部である。

この文章を移し書きして、筆者は、きっと理不尽と思われたことを先生にしたと思っている。「港」を創刊する時、挨拶に伺った先生の筆者を見る目は、すでに遠い人を見るような視線であった。たしか底冷えのする日であった。

後日、「沖」四十五周年祝賀の会をひらく。その祝賀の前に、能村登四郎の俳句について話すことになっている。「沖」から外れて、三十年近く経っているが、能村登四郎の一句一句に触れると、やはり実家に帰ったような気持になって、一句一句が立ち上がってくるのである。

夕映の方を花野の出口とす　　大牧　広

「沖」の句会でまだ若僧だった私の句を能村登四郎先生は褒めてくれた。「出口」の前には、すぐに黄泉への入口があると思っている。黄泉には「加賀強情」の能村登四郎先生が居られる。

だからすこしも怖くはないと、自分に言い聞かせている。こうして文を綴っていても、能村登四郎先生の句会が終わった後に、喫茶店で珈琲を、おいしそうにしずかに飲んでいる横顔を思い出す。あの横顔は神秘的でさえあると、今思っている。

第四十八回　今を詠むべき

青春の「十五年戦争」の狐火　金子兜太
地中には白骨　沖縄の風の黍　伊丹三樹彦
村一つ獣へ預け年明くる　小原啄葉
あの窓に父の魂魄夕桜　有馬朗人
隙間風昭和の部屋でありにけり　大久保白村
野は無人きのふ冬日が射しました　柿本多映
玉の緒よ大寒の鳥ひいと啼き　鍵和田秞子
滴りの青むまで待つ知覧にゐ　宮坂静生
冬はじめおそろしきものみな背後より　宇多喜代子
としよりにきれいに咲きて牡丹鱧　大石悦子

これらの俳句は「俳句年鑑」二〇一五年版から掲げた。

筆者も高齢なので、他の俳句を見る目線はおのずと七十歳代後半より上になってしまう。やはり、高齢者世代には「戦争」「敗戦」「原子爆弾」などの忌まわしい言葉が皮膚のように心に貼りついて俳句を「視る」態度や心模様に表われるのであろう。

掲げた俳句も直接間接に、そうした心に沿った俳句となっている。今の日本人が持っている政治へのざらざらとした不安感は、掲句のすべてが持っているが、その不安感からすこしずらして、高齢を反映した俳世界を抽出している俳句のいくつかを、失礼を顧みず鑑賞させて頂く。


隙間風昭和の部屋でありにけり　大久保白村

「昭和の部屋」の部屋とは、文字通りの「昭和」の部屋である。昭和とはさまざまなことが起きていて、戦争、平和、バブルの衰退、こうした何か慌ただしく、何か懐かしい劇的な時代であったといえよう。ゆえに「ありにけり」の詠嘆の切字は、まさに「昭和」という時代に使っていい、むしろその時代にふさわしい表現となっている。

野は無人きのふ冬日が射しました　柿本多映

口語調の表現が、無人の野に赫と、しろじろと射す冬日を印象づけさせる。

「きのふ」という何か取りかえしのつかない感じが後悔のような口惜しさを感じさせる。〈桐一葉日当りながら落ちにけり　高濱虚子〉に通じる一種の虚無感と照応するものがある。

としよりにきれいに咲きて牡丹鱧　大石悦子

どう鑑賞したらよいかと悩ませる俳句は、凡作ではない。上五の表現を読んで、あとはもうわかってしまう俳句が「平明」という言葉で評価されるのが、俳句の妙な現象と言ってもよい。その意味で、この俳句は超現実的な発想となっているが、一種の断定調が理解度を強くしている。としよりが、端然と揃って坐っている料亭の一室、という解釈でよいかもしれない。すこやかな老人達が鱧料理を楽しんでいる情景と受けとりたいが、作者の真意は、もっと深いかもしれない。

こうして高齢者の俳句を鑑賞してみたが、その創造的な発想は、壮年層を超えたものがあり筆者自身も自信を持つことができた。

この稿まで至った時「俳句界」平成二十七年九月号が届いた。「敬老日特集」として「90代俳人私の俳句人生」という主題で多くの頁が使われている。

前述の筆者の文章と妙な符合を心から感じて読んだ。倖せな暗示を実感しながらである。

さて、その特集には後藤比奈夫、深見けん二、狹川青史、伊丹三樹彦、小原啄葉、下鉢清子、有山八洲彦、松本旭の八氏が稿を寄せている。

内容としては、自選三句、新作八句、そして「私の俳句人生～アンケート」となっている。

同じ俳句人として自選三句を挙げてみたい。膨大な俳句作品の中で、何句かを選べ、という設定に筆者はつねに苦心しているからである。掲げる。

後藤比奈夫

東山回して鉾を回しけり
鶴の来るために大空あけて待つ
空間に端居時間に端居かな

深見けん二

人はみななにかにはげみ初桜
薄氷の吹かれて端の重なれる
人生の輝いてゐる夏帽子

狹川青史

ひかりつゝ花の雨降る講堂趾
中天に鴟尾の澄む日や紫苑咲く
冬霧にふところ深き東大寺

伊丹三樹彦

古仏より噴き出す千手　遠くでテロ

落芙蓉すうっと終章　いそがねば
亦も肩をすくめて　失語の落葉のパリ

小原啄葉

海鼠切りもとの形に寄せてある
地震くればおのれをつかむ蓮根掘
つらなれる目刺もおなじ日に死せる

下鉢清子

赤城嶺は青し甘藷《いも》あかの手を洗ふ
赤ん坊に雀の見えて桃の花
今生は動画一巻歌かるた

有山八洲彦

越前蟹喰べ越前に殻残す
しぐるるや右も左も奈良格子
月見草富士は冴を還さざる

松本　旭

顔痒き波荒れの日も早桃《さもも》熟《う》る
ピザ食うて春月更によろきかな

土用入さてしも日本中が晴れ

次に、それぞれの「俳人たちへのアドバイス」という設定で文章も載っているが、要点を抽出する。

俳句は俳句自身のために美しく雅びでなければならないと思っています。どうぞ伝統を踏まえて新しい時代の俳句を作られますように。（後藤比奈夫）

言葉は時代と共に変わってゆくが、それとともに、古典からの不易があってはじめて、たった五七五で深さが出る。（深見けん二）

とても自分ではこのように表現できないと思った句に出合った時は、こまめにメモをとることである。（狹川青史）

読者を得てこその文芸、自己満足に陥らぬことを自省したい。（伊丹三樹彦）

俳句は「私」。私を離れた句はおもしろくない。俳句は自らの「生き様の詩」である。（小原啄葉）

日本の四季の移ろいの中にあって、一語一語を自然界から人間界から拾い続ける、こと。（下鉢清子）

短い兵役時代を挟んでの俳句仲間はすべて二十歳代。中村草田男の作句の出発が三十歳で遅きに失したと話題になった時代。（略）俳句は青年の文学であった筈。（有山八洲彦）

私の一生は〝天恵〟というか、天のお蔭をずっと受けていると思っています。（略）みんな俳句の縁によるものですね。（松本　旭）

それぞれの俳句観が端的に述べられて、納得させる力を持っている。筆者より人生の経験を積んだ方の俳句観を云々できない。むしろ、この俳句観から長寿に必要なエキスを頂く、と今思っている。

ここで、ある手紙を掲げる。

――私の病状よくありません。もう手術も放射線もしたので、同じか近くの部位はどうもできません。抗ガン剤、痛みどめを使っています。生きられるだけがんばります。今月も句会には出席できました。

「港」の地方の支部長として黙々と誠実に尽くしてくれたが病には勝てず、八十路半ばで逝去された人の手紙である。現役時には学校の校長として仕事をつらぬき、棺に納める時はワイシャツ・ネクタイをつけて背広姿で永遠に旅立ったという。

手紙のとおり病苦を押して句会指導に当った氏のことを思うにつけ、俳句は、のほほんと「風雅の真」とやらを詠んでいてはいけないと、今思っている。

最終回　やがて雪

「俳句・その地平」、四十九回で、とりあえず終わることにした。約四年間、中途で中止があったものの、とりあえずは続いたと思っている。

この連載をはじめる前、私の地元の京浜運河で林誠司編集長と二人で撮影に行ったことを思い出す。このペン書風の私の横顔の、背景の景色を撮りに出かけたのである。

初秋の海風が頬を打っていたことを皮膚感覚で覚えていた。あの日からほぼ四年経つ。その四年間は、やはり筆者と同じ高齢者の俳句に関する、さまざまのことを書いてきた。

さて、本稿が「俳句・その地平」の最終稿となる。この四年間に筆者の第八句集『正眼』が「詩歌文学館賞」を頂いた。生涯に忘れぬうれしさであった。「沖」の先師能村登四郎も林翔も受賞している。

今回の最終稿は、その『正眼』から高齢者の「人生観」や身丈に沿った俳句を自句自解して、四年間書いた「俳句・その地平」との関係をわかって下されば、と思っている。

桐一葉運河も年をとりにけり

「桐一葉」という古い意味を負う季語と、「運河」という今日的なもの、その運河も年をとってきたという「年をとる」という運命的な二物と合わせて加齢へとみちびく。風はすでにつめたさを含んで「命の終わり」さえ思わせる。

「桐一葉」「運河」、時代を思わせる季語と即物的な運河、この二つを合わせることによって化学変化のような味わいが出ればと思ったのである。

老人の嫉妬に似たる秋暑なり

秋暑は、心をも蝕む執念深い暑さである。

老人は、喜怒哀楽を、すぐには表わさないが、とりつくような感じで胸の奥底にしまいこむ。じりじりと、ねっとりと老人の嫉妬、秋暑はまさに身心を蝕む。老人の筆者が述べたのであり決して勝手な思いこみではないことを書いておきたい。

着ぶくれて震災画面に今も泣く

東日本大震災の二年後に気仙沼を訪れた。

人々が生活をしていた場所が外来種の雑草で覆われて夏の終わりの風が無表情に吹いていた。

陸に津波で押し流された漁船が、すこしずつ削られ切られたりして無惨な姿を曝していた。

テレビで映る震災画面を見ていると、泪がにじんでいる自分に気がつく。この気持は何十年経っても変わらないと思っている。

社会性俳句はいづこ巣箱朽ち

社会性俳句は、昭和初期から栗林一石路、橋本夢道等のプロレタリア俳句を発芽として在ったが、ある種の市民権を得て高まったのは昭和三十年頃、中村草田男、澤木欣一、金子兜太等が活躍して社会に印象づけた。しかしそれぞれの理念が決して一致を見ることはなく、風化吸収されていったというのが実状であった。

戦争を前提とした安保法が数をたのんで強引に採決されてしまった今こそ、真の社会性俳句がもっと世に発表されてよいのだが、表立って見えてこない。

社会性俳句という枠組が、古く固く見えるのであろうか。考えてみれば使い捨て方式の「派遣法」の狡猾な労働条件も、また原発で身を切り売りするように働いている人の状態そのものも社会性俳句となる。にもかかわらず「社会性俳句」というのが、立ち上がってこない。進学＝卒業＝就職、こうした官製的な社会の仕組が、若い人達と若い親達を金縛りにしているのであろう。

そんな「お上」の眼ばかりを怖れている血気盛んな人達に、一石を投じたかった一句である。

傲りたる東電干鱈むしりゐて

東日本大震災の折、「絶対安全」と言われていた福島原発が津波に襲われ、水素爆発を起こして、日本列島がチェルノブイリ化したと外国人は叫び、どんどん本国へ帰ってしまった事実は、月並な言いかたになるが、記憶に新しい。

東京電力の、その折の傲然とした会見の様子は、いまだに眼に残っている。お公家様のような社長の世間離れした表情、上から目線で事故の様子を話していた幹部達、これが、政権と結びついていた大企業の姿であると、つくづくと思わせられたのである。

その、やり場のない怒りを「干鱈むしりゐて」と表現した。

投げ売りとなりし苗木のうづくまる

近所のオフィスビルの奥に郵便局があり、ほぼ毎日その郵便局を使っている。郵便局へ行く途中に花屋があり花や苗木を売っている。

その花屋に、椿だか沈丁花の苗木が売られる時がある。ところが、そのビルに働く人は、その花屋の前を足早に通りすぎるだけで、花はともかく苗木は一顧だにされないという態で、遂には一本何百円という形になって店前から離れたビニール箱に入れられて売られてしまっている。

苗木は、買われることはなしに、日々ぽつんと置かれて、背中を丸めてうずくまるような形になっている。

私は、そうした姿に、どうしても平気でいられない。かがんで、その苗木を励ましたいとさえ思うのである。

反骨は死後に褒められ春北風

反骨と言っても訳も知らずに反対発言や反対行動ばかりしている人ではない。筋の通らぬことには、相手が権力者であろうとなかろうと曲ったことはしない、そんな人を反骨の人と言うのである。

反骨の人は、そのまっすぐさゆえに敬遠されがちになる。あまり人は近づかない。その本人が逝かれると、思ってもみない人が集まり、生前の反骨・気骨を讃える。が、本人は絶対暗黒の無知の中に居る。そうした世の中の反応を詠んだ。

花咲きし頃や夜毎のB29

昭和二十年の春頃から殆ど毎日のように空襲警報のサイレンが鳴った。

そのサイレンの音は地の底、いわば地獄から這い出るような低い重いサイレンだった。それも日本人が眠ろうとする時、眠らせないために夜の九時頃からが多かった。一晩中、まんじりともしないで敵機の音（日本の高射砲の音も思い出したように情けない音を立てていた）を身を固くして聞いていた。

B29の重低音がとどろく夜空に、とても高度一万メートルまで届かぬ日本の低空ばかりを照らしている日本のサーチライト。それが、しっかりと目に残っている。同時に東京の下町の空が地獄の空のように真っ赤だったことも目にしている。火に焙られ悶え死んだ何十万という市民は、その日三月十日に焼き殺されたのである。

『正眼』の中の句の俳句を自句自解したが、そんな罪もない市民が焼き殺されぬため、俳句の良心の証として、「俳人九条の会」がある。金子兜太をはじめとして、心ある俳人が呼びかけ人となっている。筆者もその一人として加わっている。戦争が起きるか、テロが出没するかは、ひとえに民衆の聡明な行動が、大きくものを言う。お上の判断では心が安らげない。気の小さい私がここまで書くのは、現在八十四歳、語り部のはしくれとして言っておかねばならぬと切実に思っているからである。

七十年前のあの日を思うたび私は怖い顔になっていると思う。食糧零、住んでいる家は焼かれる。そして死体の山、こんな光景の再現は絶対見たくないからである。

さて、光景の再現を防ぐために、俳人、ことに高齢者俳人は、風雅の誠を追う、という俳句の実践と併行して、時代をも見つめて詠んでいきたいと思っている。

七十二年前、言論が封殺されて、本当のこと正しいことが言えなくなって、あの真珠湾の不意打攻撃がはじまって、太平洋戦争がはじまって、日本は破滅の道を辿ることになった。

そんな時代の中でも、加藤楸邨、中村草田男等は、自分の思っていることを、しなやかに、しぶとく詠んで特高に捕えられたりした。

俳人は、ことに高齢者俳人は、この姿勢を今こそ持ちたいと思っている。そして、今あえて学校の「公民」で説かれていない戦争の不条理、むごさ、を十七音を使って詠んでいくべきであると思っている。

生きてあれ冬の北斗の柄の下に　　加藤楸邨
壮行や深雪に犬のみ腰をおとし　　中村草田男

この二句は表立って反戦を詠んでいないが、深い所からありのままの心を詠んでいる。こうしたしなやかな詩性にもとづいた時代を視る目が欲しい。

やがて雪されど俳句は地平持つ　　大牧　広

これからどんな暗い世が来ようとも俳句には十七音で無限に述べられる力がある。

それを心から信じている。

※本書は俳句総合誌「俳句界」平成二十三年九月号から平成二十七年十二月号までに連載された「俳句・その地平——その地平の夕映は美しい」を加筆修正したものである。
※本書における引用詩歌等の表記は、参照した出典に拠る。

あとがき

「俳句界」に約四年連載した俳句にかかわるエッセイ集『俳句・その地平』を上梓することに致しました。

「俳句界」に連載していた時は、只ひたすら書いていた、という感じでしたが、連載が終わって、しばらくすると、苦労して書いた文章を本にしたい、もう一度あの「俳句・その地平」の文章を本にして、その地平の世界を表出してみたいと思う気持が強くなっている自分に気づきました。

もちろん、文章としては未熟でひとりよがりが多くあり、むしろ恥じいる気持が強いのですが、そう思う一方で、あのこと、あの文章はできたら、もう一度読んで頂いて胸の底にとどめて頂きたいという気持が強くなって上梓に至った次第となりました。

もとより雑駁な文章、勝手な思いこみは多々ありますが、私の浅学に免じて一頁でも二頁でもお読み捨て下さればとありがたく思っています。

もうすこし書かせて頂きますと、今の何かきな臭い空気の中で俳人は、どう過ごしたらよいか、「ペンは剣よりも強し」すこし現代の空気に過敏に反応しているかもしれませんが、それもこれもご叱正の意味で読んで下さればありがたいことです。

今、ここに改めて励ましのお言葉を頂いた宇多喜代子先生と「文學の森」の皆様に心からなるお礼を申し述べさせて頂きます。

平成二十八年十月

大牧　広

著者略歴

大牧　広（おおまき・ひろし）

昭和６年　東京生まれ
昭和46年　「沖」入会
昭和47年　「沖」新人賞
昭和58年　「沖」賞受賞
平成元年　「港」創刊主宰
平成17年　「俳句界」特別賞受賞
平成21年　第64回現代俳句協会賞受賞
平成27年　第30回詩歌文学館賞受賞
　　　　　第４回与謝蕪村賞受賞
　　　　　第３回俳句四季特別賞受賞
平成28年　山本健吉賞受賞

句集『父寂び』『某日』『午後』『昭和一桁』『風の突堤』
『冬の驛』『大森海岸』『正眼』『地平』
『季語別大牧広句集』『現代俳句文庫　大牧広句集』
評論集『能村登四郎の世界』他
鑑賞・エッセイ集『海』『いのちうれしき』
共著『焦土を超えて』
現代俳句協会会員　国際俳句交流協会会員
日本ペンクラブ会員　日本文藝家協会会員

現住所　〒143-0016　東京都大田区大森北2-13-31-1213

俳句《はいく》・その地平《ちへい》

——その地平《ちへい》の夕映《ゆうばえ》は美《うつく》しい

発　行　平成二十八年十一月二十九日
著　者　大牧　広
発行者　大山基利
発行所　株式会社　文學の森
〒一六九-〇〇七五
東京都新宿区高田馬場二-一-二　田島ビル八階
tel 03-5292-9188　fax 03-5292-9199
e-mail mori@bungak.com
ホームページ http://www.bungak.com
印刷・製本　竹田　登

ISBN978-4-86438-347-9　C0095
落丁・乱丁本はお取替えいたします。